KB243724

왜 수학 공부 안 하면 안 되나요?

왜 수학 공부 안 하면 안 되나요?

1판 1쇄 펴냄 2013년 11월 15일
1판 4쇄 펴냄 2014년 11월 17일

지은이　손민지
그린이　유명희
편집　박경화, 최민경, 황설경, 이은영, 유나리
마케팅　송만석, 한아름

펴낸이　하진석
펴낸곳　참돌어린이

주소　서울시 마포구 독막로 3길 8
전화　02-518-3919
팩스　0505-318-3919
이메일　book@charmdol.com
신고번호　제313-2011-157호
신고일자　2011년 5월 30일

ISBN　978-89-97592-48-7 64800

＊ 이 책 내용의 전부나 일부를 이용하려면 반드시 저작권자와
　참돌어린이의 서면 동의를 받아야 합니다.

＊ 책값은 뒤표지에 있습니다.

＊ 잘못된 책은 구입하신 곳에서 바꾸어 드립니다.

참돌어린이

왜 수학 공부 안 하면 안 되나요?

손민지 지음 · 유명희 그림

박규홍(한국수학교육학회 고문) 감수

참돌어린이

　어린이들끼리 하는 말 중에 '수포자'라는 말이 있답니다. '수학을 포기한 자'의 줄임말이라는군요. 대학 입시를 준비하기 위해 학교에서 많은 교과목을 배워야 하는데, 그중 가장 어려운 수학을 미리 포기하고 아예 배우려 하지 않는 사람을 가리킨다고 합니다. 이런 신조어가 생길 정도로 어린이들 중에 수학을 어려워하고, 그런 이유로 수학 공부하기를 포기하는 친구들이 참 많다는 것이지요. 왜 많은 어린이가 수학을 어렵게만 생각할까요? 또 그렇게 지루한 수학 공부를 왜 굳이 해야 하는 걸까요?

　우리가 학교에서 배우는 교과목 중 국어, 영어, 수학을 주요 기초 과목이라고 하는데, 그 이유에 대해 설명해 줄게요.

　일상생활에서 부모님과 선생님의 말씀을 듣고 친구들과 이야기를 나누고 편지도 주고받고 글도 잘 쓰려면 국어를 잘해야 되겠지요. 국어는 의사소통의 기초 도구이기에 우리는 모국어인 국어를 잘 배워야 된답니다. 또, 요즘 같은 국제화 시대에 외국의 문물을 배우고 받아들이는 데 영어는 무척 중요한 역할을 합니다. 나중에 대학에 진학해서 높은 수준의 공부를 하려면 외국어로 된 책도 읽어야 하고 그 내용도 잘 파악할 줄 알아야 하는데, 그러려면 영어에 능숙해야겠지요?

　이처럼 국어나 영어는 '언어학'이기 때문에 다른 교과목을 이해하는 데 도움을 주는 기본적인 학문입니다. 수학도 마찬가지예요. 수학을 잘 배우면 다른 교과목을 쉽게 잘 이해할 수 있어요. 현대 대부분의 학문이 수학을 바탕으로 이루어져 있어 그 이론을 제대로 파악하려면 수학적 원리나 개념을 잘 알아 두어야 하거든요. 국어나 영어처럼 학문 사이의 의사소통을 잘하기 위해서는 '과학의 언어'인 수학이 반드시 필요하다는 것이지요.

　올림픽 종목 중 메달이 가장 많은 종목이 무엇인지 아나요? 바로 육상 종목이에요. 육상이 모든 운동의 기본이 되기 때문에 메달 개수가 제일 많은 거랍니다. 실제로 모든 운동선수가 기본으로 다지는 운동이 육상입니다. 운동선수들이 훈련을 할 때 맨 처음 시작하는 운동이 구보, 즉 달리기입니다. 달리기를 통하여 기초 체력을 잘 다지면 어떤 종목이든 능히 잘 해낼 수 있기 때문이지요. 그래서 육상을 모든 운동의 기본이라고 하는 거예요.

　공부에서 육상과 같은 역할을 하는 것이 바로 기초 도구 과목인 국어, 영어, 수학입니다. 그중에서도 수학은 논리적이고 창의적인 사고력을 길러 주는 과목이에요. 수학은 논리를 바탕으로 사물을 관찰하여 이를 형상화하고 추상화하는 사고력을 기르는 데 도움을 주거든요. 수학을 배우면서 자신도 모르게 논리적이고 계통적이며 합리적인 생각을 하는 능력을 향상할 수 있습니다.

옛날이나 지금이나 수학을 싫어하는 학생이 많이 있습니다. 그래서 앞서 얘기한 것처럼 '수포자'도 생긴 것이고, 수학이 많은 학생의 고민거리가 되고 있는 것이지요. 그런데 왜 학교에서 수학을 가르치는 시간은 줄어들지 않는 걸까요? 많은 학생이 싫어하는 과목이지만 대학 입시에서 수학을 필수 과목으로 지정하고 강조하는 까닭은 무엇일까요? 그 이유는 나라에서 수학이라는 학문이 기초 도구 과목으로서 매우 중요하다고 판단하기 때문이랍니다.

그러면 우리나라만 수학의 중요성을 강조하는 걸까요? 그렇지 않아요. 과학과 기술이 발달할수록 수학의 도움이 더 많이 필요합니다. 수학은 전 세계적으로 사회의 모든 분야에서 중요한 역할을 하고 있고, 자연 과학은 물론 산업, 기술, 경제, 사회, 예술 분야까지 두루 중요한 도구로 사용되고 있거든요.

그래서 미국 같은 선진국에서도 수학의 중요성을 강조하고 있어요. 미국의 오바마 대통령은 지난 해 연두 기자 회견에서 수학의 중요성을 밝힌 바 있으며, 마이크로소프트사의 창업자 빌 게이츠도 미국이 현재의 세계적 지위를 유지하기 위해서는 수학 교육이 필수라고 했답니다. 미국의 유명한 증권 시장인 월가를 장악하고 있는 사람의 70퍼센트 이상이 수학을 전공한 사람들이라는 사실도 이를 입증하는 것이지요.

어때요, 수학이 얼마나 중요한 과목인지 이제 조금 감이 잡히나요?

그렇다면 지금부터는 이 책을 읽으면서 어린이 여러분이 왜 수학을 공부해야 하는지 구체적으로, 재미있게 알아볼 차례예요. 유명한 수학자들의 위대한 업적을 알아보고, 다양한 이야기를 통해 수학을 재미있게 공부하는 방법을 배우며 수학과 친해지는 기회를 만들 수 있을 거예요. 엄마, 아빠가 읽는 부록에는 어려운 수학 공부를 올바르게 가르칠 수 있는 수학 지도법이 수록되어 있어 더욱 유익하답니다.

수학이 어렵게 느껴질 수도 있겠지만, 기본 원리를 잘 이해하고 흐름과 단계를 파악한다면 얼마든지 재미있게 공부할 수 있어요. 포기하지 말고 꾸준히 공부한다면 수학은 여러분의 꿈을 이루는 길로 한 걸음 더 가까이 나아가게 도와주는 아주 훌륭한 친구가 되어 줄 거예요.

2013년 포근한 겨울을 기다리며

박규홍

차례

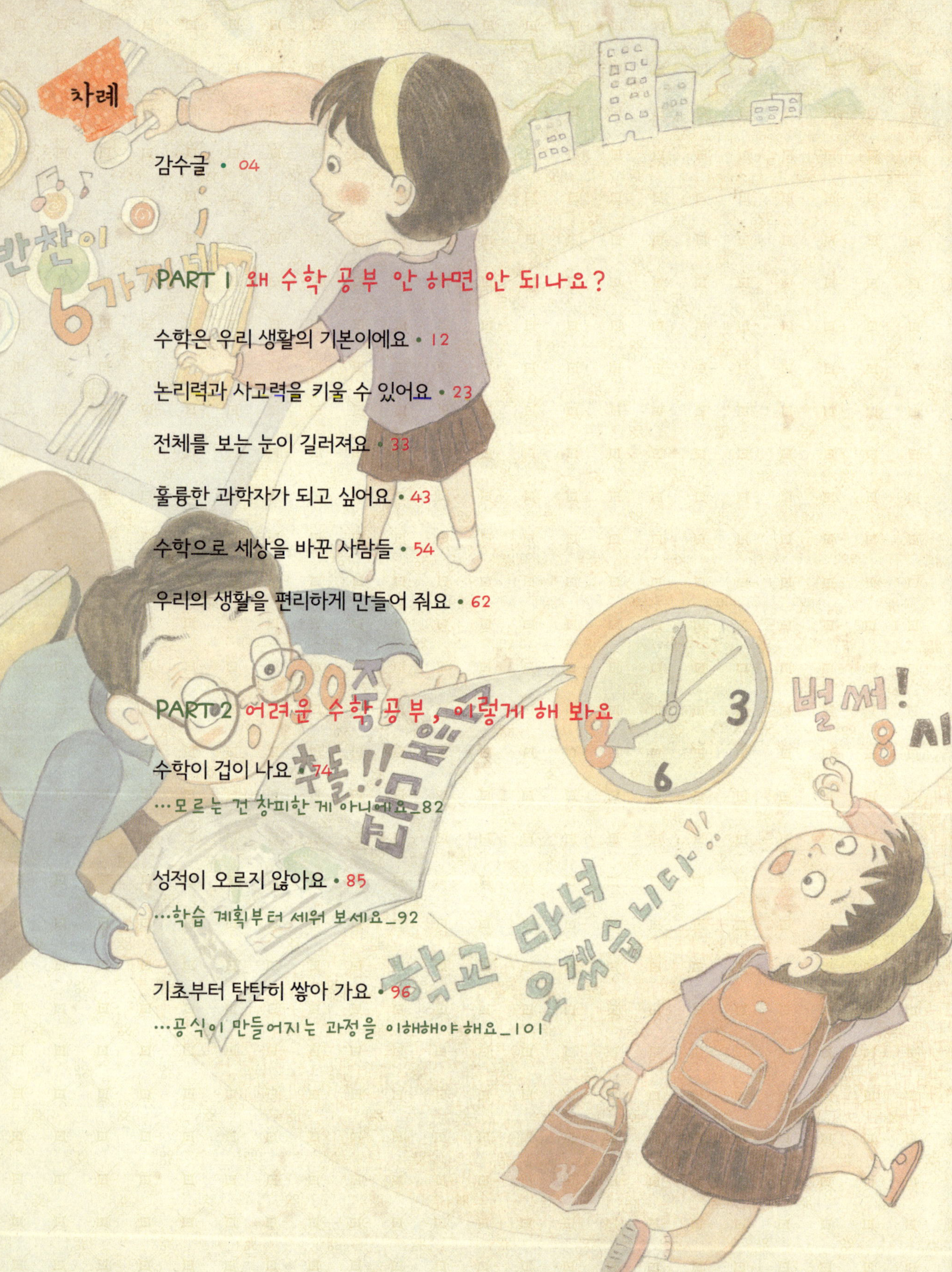

부록 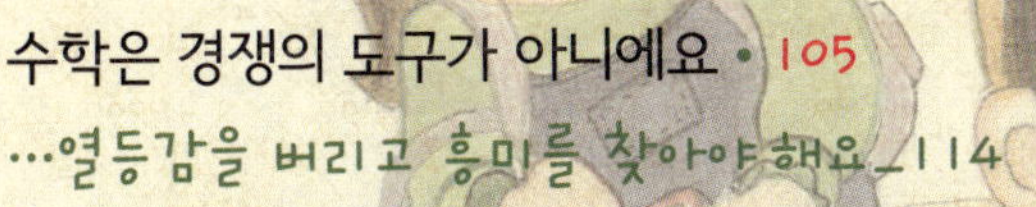

1 모둠
2 모둠
3 모둠
이건
어떻게
풀어요?
문제
수

알았다!

PART 1

왜 수학 공부 안 하면
안 되나요?

아침부터 수진이는 엄마를 돕기 위해 일찍 일어나 불이 켜진 부엌으로 갔어요.

"수진아, 일찍 일어났구나?"

"네, 엄마도 안녕히 주무셨어요? 제가 도와 드릴게요."

수진이는 수저통에서 숟가락과 젓가락을 꺼내 숟가락 하나, 젓가락 두 개씩 짝을 맞춰 식탁에 올려놓고 거실 소파에서 신문을 보고 계시는 아빠에게 갔어요.

"아빠, 어떤 기사를 보고 계세요?"

"오늘 서해 대교에서 짙은 안개 때문에 차량 30대가 연쇄 추돌해서 여러 명이 다쳤다는구나. 이런 사고는 없어야 할 텐데……."

"차량이 30대나 추돌했다고요?"

수진이가 놀라서 눈을 크게 뜨는 사이, 엄마는 아침 식사 준비를 끝내고 수진이와 아빠를 부르셨어요.

"식사하세요."

수진이는 신이 나서 쪼르르 식탁 앞으로 달려갔어요.

"엄마, 오늘은 반찬이 아주 다양하네요?"

"그렇지? 수진이가 좋아하는 계란말이도 있단다."

"우아, 제가 좋아하는 계란말이까지 오늘 반찬 수는 여섯 가지나 돼요! 잘 먹겠습니다."

수진이는 엄마가 차려 주신 아침밥을 맛있게 먹기 시작했어요.

"수진아, 오늘 수학 학원 가는 날인 거 알지? 늦지 말고 10분 전에는 먼저 가 있으렴."

"네, 엄마. 그렇게 할게요."

수진이는 밥 한 공기를 다 비우고 방으로 들어갔어요. 가방을 챙기고 시계를 보니 작은 바늘이 8을 가리키고 있었지요.

"벌써 8시네? 학교 다녀오겠습니다."

수진이는 후다닥 엘리베이터를 타고 1층을 눌렀어요. 마음속으로 '3, 2, 1'을 외치자 1층에서 엘리베이터 문이 열렸어요.

"안녕하세요."

엘리베이터 앞에는 5층에 사시는 아주머니가 서 계셨어요.

"10층 수진이구나. 학교 가니? 잘 다녀오렴."

"네, 다음에 뵐게요. 안녕히 가세요."

부지런히 걸어 학교 정문으로 향하는데, 저 멀리 수진이의 단짝 친구 지윤이가 보였어요.

"지윤아!"

"수진아, 안녕!"

수진이는 지윤이에게 반갑게 인사한 뒤 손에 들려 있는 새 휴대 전화를 자랑스럽게 보여 주었어요.

"나 어제 휴대 전화 바꿨어."

"우아, 정말 좋겠다! 전화번호도 바꿨어? 다시 저장해야겠다."

"응. 바뀐 전화번호, 문자 메시지로 보내 줄게."

잠시 후, 수진이의 휴대 전화에서 "띠링" 하는 소리가 울렸어요.

[010-6565-××××]

수진이는 지윤이의 바뀐 번호를 저장한 뒤, 인사를 하고 반으로 들어갔어요.

어느덧 체육 시간이 되었어요. 오늘은 수진이가 좋아하는 짝 피구를 하는 날이에요. 두 명씩 짝을 지은 뒤 두 팀으로 나눴지요. '가위, 바위, 보'를 해서 수진이가 있는 팀이 먼저 공격을 했어요. 공을 상대 팀에 맞춰 선 밖으로 한 명씩 내보내는 게임이었지요.

이 시각 수진이 엄마는 장을 보러 할인 마트로 향했어요. 버스 정류장에서 22번 버스를 타고 할인 마트에 도착했지요. 지하 1층 과일 코너에서 수진이 엄마는 딸기를 한 팩 집어들었어요.

"딸기가 한 팩에 5,000원이나 하네. 물가가 하도 올라서 생필품만 사도 3만 원이 그냥 넘어가는구나."

찬거리를 카트에 담은 수진이 엄마는 계산대로 향했어요.

"고객님,

고객 카드 있으신가요?

현금 영수증 하시겠어요?"

"네, 번호 불러 드릴게요. 010

에 4……."

장을 보고 집에 돌아온 수진

이 엄마는 가계부를 펼쳤어요.

날짜	내 용	들어온 돈	나간 돈	남은 돈
5.10	용돈 받은 날	10,000	3,000	9,000
5.11	교통카드 충전		1,000	6,…
5.13	떡볶이 ㅅㅅ			11,…
5.18	용돈-작은 고모	5,…		9,5…
5.22	샤프펜슬		1,500	
5.23	명희 생일 선물			

"딸기 5,000원, 파 2,000원, 두부……."

가계부에는 수진이네의 수입과 지출이 모두 적혀 있었지요. 그때 "삐삐삐" 하는 현관문 비밀번호 누르는 소리와 함께 수진이가 학원에서 돌아왔어요.

"엄마, 학원 다녀왔습니다."

"그래, 수진이 왔구나."

수진이는 집에 오자마자 내일 학교에서 쓸 준비물을 확인했어요.

"엄마, 내일 미술 시간에 쓸 페트병 두 개가 필요해요."

"안 그래도 엄마가 챙기려고 하고 있었어. 내일 잊지 말고 꼭 가지고 가렴."

수진이는 페트병 두 개를 챙겨서 방에 들어온 뒤, 엄마를 따라 용돈 기입장을 작성했어요. 용돈의 쓰임새를 꾸준히 적어 돈을 어떻게 쓰고 있는지, 어떻게 절약할 수 있는지 알아보기로 스스로 약속했거든요.

여러분에게 수학은 어떤 존재인가요? 수진이의 일상만 봐도 수학이 우리와 얼마나 가까이 있는지 알 수 있어요. 수진이의 일상을 다시 한 번 살펴볼까요?

수진이가 엄마를 돕기 위해 숟가락과 젓가락을 꺼내던 모습을 기억하나요? 숟가락과 젓가락은 각각 짝이 정해져 있어요. 숟가락, 젓가락 말고도 신발이나 양말 역시 저마다의 짝이 있지요. 이처럼 비슷한 성질끼리 나누는 것을 '분류'라고 해요. 가장 기초적인 개념인 분류를 잘 알아 두면 도형의 개념도 쉽게 익힐 수 있지요. 분류는 수학뿐만 아니라 모든 활동의 기본이 되는 개념이에요. 각 물질의 여러 가지 성격을 잘 알 때 다양한 분류를 할 수 있고 인지 능력도 높아집니다. 그러면 확률과 통계 같은 복잡한 수학 문제도 빨리 풀 수 있게 된답니다.

반찬의 가짓수를 세던 수진이와 신문 기사를 읽으시던 아빠를 떠올려 보세요. 우리는 몇 가지, 몇 대, 몇 명, 몇 원 등 다양한 단위를 통해 그 수가 얼마나 많은지, 적은지를 알 수 있어요.

우리는 가끔 수와 숫자를 혼동해서 사용하기도 하는데, 수와 숫자에는 차이가 있어요. 숫자는 수를 나타내는 기호의 일종이지요. '셋'이라는 수를 아라비아 숫자로는 '3'으로, 중국 한자로는 '三'으로, 로마 숫자로는 'Ⅲ'으로 표현하지요. 그러니 우리가 수학에서 따지고 계산하는 것은 숫자가 아니라 수라고 보면 돼요.

수는 양의 많고 적음을 표현하는 데서부터 출발했어요. 인류가 함께 모여 살기 시작하면서 복잡해지는 상황을 순서대로 정리하기 위해 수라는 개념이 필요했고, 그 수를 표현하기 위한 숫자와 기수법이 발명되면서 수의 쓰임새는 더욱 확대되었어요.

수는 용도에 따라 크기나 양을 나타내는 수와 순서를 나타내는 수로 나뉘어요. 물건의 개수, 그릇의 부피 등 양을 나타내는 기본적인 수를 '기수'라고 해요. 첫째, 둘째, 셋째처럼 순서를 나타내는 수는 '순서수'라고 하지요. 우리는 이러한 수를 이용해서 복잡한 것을 간단하게 표현해서 쓸 수 있어요. 전화번호나 자동차 번호판의 번호, 버스 노선 번호, 생년월일 같은 것을 수로 나타내는데, 이 수에 순서의 뜻이 포함되면서 그 사물의 이름을 대신하게 되는 것이지요.

수진이가 시계를 보고 시각을 확인하던 모습이 있었지요? 시계는 우리에게 시침과 분침으로 시각을 알려 줍니다. 시간 역시 하나의 수학적 규칙이에요. 학교에서 월, 화, 수, 목, 금요일에 따라 정해진 시간에 수업을 받는 것도, 하루를 24시간으로 계산하는 것도 수학으로 만들어 낸 규칙이랍니다.

수진이가 엘리베이터 앞에서 5층 아주머니를 만난 모습과 지윤이의 바뀐 전화번호를 저장하던 모습도 있었어요. 우리가 살고 있는 아파트는 동과 호를 나타내는 수를 통해 주소를 알 수 있어요. 휴대 전화의 번호 앞자리에 있는 010은 번호의 효율적인 이용과 번호의 브랜드화를 방지하기 위해 도입된 정해진 규칙이고, 버스의 노선 번호 또한 각 숫자마다 출발지와 도착지를 알려 주는 일정한 규칙에 따라 만들어진 거랍니다.

여러분도 수진이처럼 용돈 기입장을 작성하고 있나요? 수진이와 수진이 엄마는 수입과 지출을 꼼꼼하게 적어 돈이 언제, 어디에, 얼마큼 쓰이는지 파악할 수 있었어요.

수진이의 이런 모습들은 어린이 여러분의 일상생활에서도 쉽게 찾아볼 수 있어요. 주위를 둘러보세요. 우리 주변에는 수학이 다양한 모습으로 우리와 떼려야 뗄 수 없는 관계를 유지하며 존재하고 있답니다. 만약 수학이 없다면 우리의 모습은 어떻게 될지 상상해 보세요.

이처럼 수학은 단순히 문제만 풀어서 답을 내는 것이 아닌, 우리 삶에서 꼭 필요한 존재입니다. 아직도 수학이 멀게만 느껴지나요? 그렇다면 오늘 여러분이 일상생활에서 겪은 일을 수학 일기로 한번 써 보는 것은 어떨까요?

20IX년 X월 X일

오늘은 학교에서 운동회가 있었다. 나는 우리 반에서 세 번째로 키가 작지만 달리기를 잘해 이어달리기 대표로 뽑혔다. 4번 주자로 달렸는데, 아쉽게 2등을 했다. 운동회가 끝나고 친구 네 명과 7이8번 버스를 타고 명준이네 집에 놀러 갔다. 명준이는 1단지 아파트의 II02동 903호에 살고 있었다. 명준이네 집에 도착한 우리는 편의점에서 산 간식 3,900원어치를 맛있게 먹으며 재미있게 놀았다.

"대체 수학 시험은 왜 보는 거야?"

내일 학교에서 볼 시험 생각에 지훈이는 화가 잔뜩 나 있었어요. 평소 지훈이가 생각하는 수학은 복잡하기만 하고, 배우는 목적이 뚜렷하지 않은 과목이었어요. 그렇지만 지훈이는 오늘도 시험 성적을 잘 내기 위해 수학 공부를 해야 했어요.

'이 공식은 왜 외워야 되는 거야? 외워 봤자 필요도 없는데…….'

책상에 앉아 이런 생각만 하던 지훈이는 결국 수학책을 덮고 만화 영화를 보러 거실로 나갔어요.

"지훈아, 내일 시험 본다고 하지 않았니? 지금 만화 볼 상황이 아닌 것 같은데?"

"엄마, 이것만 보고 공부할게요. 제발요."

주방에서 설거지를 하시던 엄마의 말씀에 지훈이는 최대한 불쌍한 표정을 지어 보이며 말했어요.

"이번 시험 성적 보고 지훈이가 얼마나 공부를 열심히 했는지 엄마가 확인할 거야."

"알았어요. 1분만 더 보고 들어가서 공부할게요."

지훈이는 엄마의 말씀에 건성으로 대답하며 만화 영화에 시선을 고정했어요.

지훈이가 말한 1분은 계속 늘어나 10분이 되고, 결국 30분이 지났어요. 시간이 지나도 공부할 기미는 보이지 않았지요. 결국 지훈이는 밤늦은 시각까지 놀다가 공부도 못하고 잠자리에 들었어요.

"뭐, 어차피 수학은 객관식이니까 찍으면 되겠지?"

정작 이튿날이 되자 지훈이는 시험 점수가 걱정이 되어 급하게 공식을 외우기 시작했어요.

'공식만 알면 다 풀 수 있을 거야.'

이윽고 수학 시험이 시작되었고, 지훈이는 시험지를 받았어요. 그런데 지훈이가 풀 수 있는 문제는 하나도 없었지요. 공식만 알면 문제를 풀 수 있을 거라 자신했는데 어느 공식을 어느 문제에 대입해야할지 알 수가 없었어요. 문제를 풀지 못하자 지훈이의 심장이 벌렁거리고 온몸에서 식은땀이 나기 시작했어요.

'에잇, 모르겠다. 다 1번으로 찍어야지.'

시험이 끝나고 아이들은 삼삼오오 모여 답을 확인했어요.

"지연아, 1번 답 몇 번이야? 3번 맞지?"

"응, 3번이야."

반에서 수학 성적이 제일 높은 지연이의 시원한 대답에 아이들은 희비가 엇갈리는 반응을 보였어요.

아이들과 함께 답을 확인하는 대신 지훈이는 지연이에게 "이번 시험 문제 답은 1번이 많았지?"라고 묻고 싶었지만, 창피해서 아이들이 말하는 것만 듣고 있었어요.

'내일이면 수학 점수가 나올 텐데 큰일이네…….'

온종일 수학 시험 성적 때문에 걱정이 한가득이던 지훈이는 집에 들어가기가 싫었어요. 집에 가면 엄마가 시험 점수를 물어 보실 것이 뻔했거든요. 벌써부터 귓가에 들리는 듯한 엄마의 잔소리 때문에 지훈이의 발은 집이 아닌 오락실로 향하고 있었어요.

시험 성적을 머릿속에서 떨쳐 버리고 오락실에서 게임을 더 하려는 찰나 엄마에게 전화가 왔어요.

"여보세요."

"지훈아, 집에도 안 오고 너 지금 어디니? 학교에서 끝난 지가 언제인데 연락도 없이 대체 어디에 있는 거야?"

"아……. 가는 길이에요."

"걱정했잖니. 딴 길로 새지 말고 빨리 집으로 오렴."

전화를 끊은 지훈이는 한숨을 푹 쉬며 오락실에서 나와 집으로 터덜터덜 걸어갔어요.

"다녀왔습니다."

"그래. 씻고 방에 가 있으렴. 엄마가 할 말이 있어."

엄마는 평소보다 더 차분한 목소리로 지훈이에게 말씀하셨어요. 지훈이는 어제 수학 시험 공부를 하지 않은 것 때문에 혼이 나는 모양이라고 생각했어요. 하지만 정작 왜 혼나야 되는지 이해는 되지 않았어요. 수학을 못한다고 해서 앞으로 살아가는 데 문제가 생기는 것도 아닌데, 엄마는 매번 큰일이라도 난 듯 행동하셨지요.

삼시 후, 엄마가 지훈이 방으로 들어오셨어요.

"시훈아, 오늘 수학 시험은 잘 봤니? 수학이 재미없고 어려운 과목이라는 건 엄마도 잘 알아. 하지만 지금부터 수학 공부를 하지 않으면 중학교나 고등학교에 가서 지훈이가 더 힘들어질 거야."

"엄마, 저 사실……. 수학을 왜 공부해야 되는지 모르겠어요. 어차피 사는 데에는 전혀 도움이 되지 않는 것 아니에요? 그래서 공부도 더 하기 싫고, 공부하는 법도 잘 모르겠어요. 저도 다른 친구들처럼 수학을 잘하고 싶긴 한데……."

"엄마도 네 마음 잘 알아. 그런데 수학 공부가 하기 싫다고 마냥 놓아 버리면 앞으로 더 힘들어질 거야. 그래도 앞으로 수학을 잘하고 싶은 마음이 있다면 차라리 수학 과외를 받아 보는 건 어떨까?"

학교에서 수학을 만나는 것도 싫은데 집에서까지 과외를 받아야 하다니……. 지훈이는 전혀 내키지 않았지만 과외마저 싫다고 하면 엄마한테 혼이 날 것 같아 마지못해 대답했어요.

"네, 알겠어요. 수학 과외받을게요."

“그래, 엄마가 잘 아는 과외 선생님이 있어. 빠른 시일 내에 시작하도록 하자. 금방 성적도 오를 거야.”

시무룩해진 지훈이를 달래는 엄마도 속이 상했어요. 사실 엄마도 지훈이가 싫어하는 수학을 왜 억지로 공부해야 하는지 설득할 수 없었지요. 그저 다른 아이들에 비해 성적이 낮으면 입시에 문제가 된다는 사실을 알기에 아이를 달래는 것이었어요.

지난 수학 시험에서 20점을 받은 지훈이가 과외를 받기 시작한 지도 어느덧 한 달이 되어 가고 있어요. 하지만 지훈이에게 수학은 아직도 공부하기 싫은 과목이었고, 여전히 성적은 오를 기미조차 보이지 않았어요.

“지훈아, 이 문제 한번 풀어 보자.”

“……모르겠어요. 선생님, 저 안 하면 안 될까요?”

지훈이는 수학 문제를 풀 때보다, 문제를 빤히 쳐다보는 시간이 더 길었어요. 지훈이에게 수학은 배우면 배울수록 더 어렵고 복잡해지는 학문이었거든요.

“지훈아, 수학은 외우기만 하면 돼. 공식 있지? 이것만 알면 50점은

받을 수 있어. 이거 아까랑 똑같은 문제야. 잘 생각해 봐."

"아까랑 같은 문제라면서 왜 자꾸 답은 다른 거예요?"

지훈이는 불만에 찬 목소리로 질문했지만 과외 선생님은 대답하지 못했어요. 속 시원한 설명 없이 그저 다른 문제를 더 풀어 보면 알게 될 거라며 지훈이에게 비슷한 유형의 문제들을 숙제로 내 주셨지요.

지훈이는 수학과 관련한 이런 상황이 정말 이해되지 않았어요.

'왜 아무도 내 질문에는 대답해 주지 않는 거지? 똑같은 거라면 그냥 답만 외우고 싶은데……. 이번 시험도 열심히 풀어 봤자 30점이겠지? 아, 수학 공부 정말 지겹다!'

지훈이는 왜 과외를 받고 있는데도 성적이 오르지 않는 걸까요? 여러분도 혹시 지훈이와 같은 고민을 하고 있지는 않나요?

요즘 친구들은 대부분 수학을 공부할 때 그저 시험에 자주 나오는 문제 풀이 방법을 외우곤 해요. 수학을 단지 입시에 많은 영향을 미치는 과목이라고 여기며 공부하는 거예요. 하지만 공부를 통해 여러분이 익혀야 할 것은 단순히 시험을 위한 문제 풀이 방법이 아니에요. 논리적인 문제 해결 능력과 노력으로 성취를 이루기 위해서는 끈기 있는 공부 습관이 밑바탕이 되어야 해요.

그런데 친구들 중에는 쉽게 얻는 것에 너무나도 익숙해져 조금만 골치가 아프면 아예 시도조차 하지 않으려는 어린이가 많아요. 이런 현상은 여러분의 삶에 있어 큰 문제가 될 수 있답니다.

시험을 잘 보기 위해 수학을 공부하는 친구들은 다양한 문제 풀이 방법을 익히지요. 이론별로 문제의 대표 유형과 변형 유형을 정의하고 그것을 반복적으로 연습하곤 합니다. 이 공부 방법은 언뜻 보면 별 문제가 없어 보입니다. 하지만 계속 이렇게 공부를 하다 보면 수학이 매우 힘들고, 어렵고, 재미없게만 느껴질 거예요. 문제의 난이도가 낮을 때는 큰 무리가 없지만, 수준이 높아져 변형 유형이 많아지면 문제를 풀기가 힘들어져요. 게다가 중학교부터는 이론의 범위도 늘어나 수학을 공부하는 게 점점 어려워지는 것이죠.

이러한 공부 방법이 지닌 가장 큰 문제는 공부에 대한 친구들의 생각이에요. 논리적으로 문제의 내용을 살피는 것이 아니라, 그저 '내가 알고 있는 유형'인지 아닌지를 살펴 난이도를 판단합니다. 문제를 못

푸는 이유를 '해당 문제 유형을 미리 풀어 보지 않아서…….'라고 생각하고 문제를 풀고자 하는 의지도 갖지 않아요. 그렇기 때문에 '공부는 외워서 하는 것'이라는 생각이 머릿속에 자리 잡게 됩니다.

수학 공부의 목적을 성적 향상에 두는 것이 아니라, 나 자신이 더욱 지혜로워지기 위한 것으로 두면 어떨까요? 이 목적을 달성하려면 논리적인 사고 과정에 관한 문제 해결 능력을 키우는 방법을 연습해야 해요. 초·중·고등학교 때의 수학 이론은 논리 사고력, 문제 해결 능력을 훈련하기 위한 다양한 소재라고 볼 수 있어요.

새로운 문제를 만났을 때, 어떻게 문제를 해결할 수 있는지 스스로 풀이 과정을 찾다 보면 논리적 사고력이 향상됩니다. 틀린 문제를 통해 사고 과정을 확인하고, 잘못된 부분은 원인을 찾는 등 맞춤 훈련을 통해 문제 해결 능력도 높여 갈 수 있지요.

문제 해결 능력을 높인다면 매 이론별로 각 문제의 변형 유형에 대한 풀이 방법을 일일이 미리 익히지 않더라도 자연스럽게 문제를 풀어 나갈 수 있답니다.

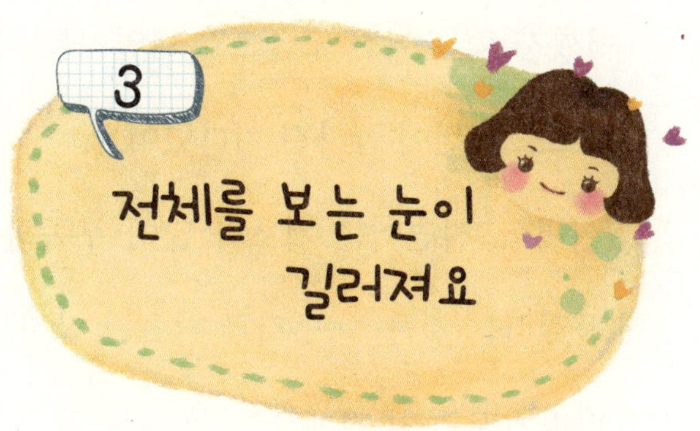

지연이네 엄마는 얼마 전부터 다른 수학 학원을 알아보고 있어요. 학원에 다니고 있는데도 지연이의 성적이 오르지 않아 조금 더 좋은 학원으로 보내려는 거예요. 지연이가 수학을 싫어하는 만큼 수학 점수 또한 지연이를 괴롭혔어요. 새로운 수학 학원에서 진행하는 간단한 시험조차 지연이에게는 스트레스였지요.

"지연 어린이, 그곳에 이름을 쓰고 답안지를 작성하세요."

"네……."

어깨가 축 늘어진 모습으로 답안지를 작성한 지연이는 조마조마한 마음으로 채점이 끝나길 기다렸어요.

"어머니, 지연이는 기초가 많이 부족하네요. 이 문제만 봐도 이렇게 풀었다는 것은……. 지금 기초를 잡지 못하면 중학교에 가서도 쉽게 따라가지 못할 거예요."

담당 선생님의 말에 지연이 엄마는 한숨을 쉬셨어요.

"우리 지연이는 어느 반에 들어가야 할까요?"

"지연이는 가장 낮은 반인 F반에서 공부를 시작해야 해요."

옆에 앉아 있던 지연이는 이미 알고 있었다는 듯 고개를 끄덕였어요. 내일이면 지연이는 새로운 수학 학원에 다니게 돼요. 새로운 곳에 가면 설레거나 떨려야 할 텐데 그런 것은 사라진 지 오래였죠.

이튿날 아침, 지연이는 어두운 얼굴로 학교에 갔어요. 1교시부터 수학이라 마음이 무거웠거든요. 선생님이 칠판에 문제를 적고 친구들의 이름을 부를 때마다 지연이는 조마조마해서 얼굴을 들 수가 없었어요.

'혹시 오늘은 내가 앞에 나가 문제를 푸는 건 아니겠지?'

지연이는 벌써부터 걱정이 됐어요. 그런 지연이의 마음을 아시는 지 모르시는지 선생님은 칠판에 계속해서 문제를 쓰셨지요.

"자, 여러분. 25페이지에 있는 문제 다들 풀어 보았나요? 그럼 지연이가 나와서 1번 문제 풀어 볼까?"

지연이의 걱정은 현실이 되어 돌아왔어요. 지연이는 급하게 귓속말로 짝꿍에게 답을 물어보았지만, 모르겠다는 손짓만 돌아왔지요. 지연이의 얼굴은 어찌할 바를 몰라 점점 붉어졌어요.

"지연아, 어서 나와서 풀어 보렴."

선생님이 지연이의 이름을 한 번 더 부르자 지연이는 쭈뼛쭈뼛 칠판 앞으로 나가 섰어요. 자신을 바라보는 반 친구들의 시선 때문인지 갑자기 식은땀이 흘렀고, 아무리 문제를 뚫어져라 봐도 쉽게 손을 댈 수가 없었어요. 선생님은 그런 지연이에게 다가와 조용히 말씀하셨어요.

"지연아, 잘 모르겠니? 어제 배운 공식을 적용해서 풀면 된단다. 다시 문제를 한번 보렴."

"선생님, 잘 모르겠어요……."

지연이는 금방이라도 울음이 터질 것만 같았어요. 친구들이 '왜 쟤는 저런 문제도 못 풀까?' 하고 손가락질하며 놀릴까 봐 많이 창피했거든요.

"그래. 지연아, 자리에 가서 앉으렴."

선생님의 말씀에 지연이는 멍해진 얼굴로 자리에 가서 앉았어요.

"여러분, 수학은 덧셈, 뺄셈, 곱셈, 나눗셈이 들어간 사칙 연산과 공식만 알면 돼요. 이 문제를 보면……."

모든 선생님은 수학이 어렵지 않다고 하며 공식만 외우면 문제를 풀 수 있다고 말씀하셨어요. 하지만 지연이에게 수학은 복잡하고 이해할 수 없는 과목이었어요.

지연이는 수학 시간이 끝나고 선생님을 찾아갔어요.

"아, 지연이 잘 왔다. 지연아,

아까 그 문제 많이 어려웠니?"

"네, 정말 어려웠어요. 그런데

선생님, 수학은 대체 왜 공부해야 하는 걸까요? 왜 공식을 세워서 그

원리에 맞게 답을 찾아야 되는지도 모르겠어요. 그걸 할 줄 아는게

저한테 무슨 이익이 될까요?"

"지연이가 아직 수학을 왜 배우는지 잘 모르는 모양이구나. 사실

선생님도 지연이만 할 때는 잘 몰랐어. 선생님이 한 가지 이야기 해 줄게."

지연이는 초롱초롱한 눈으로 선생님의 말씀을 기다렸어요.

"지연이가 해야 되는 일은 A와 B로 나눠져 있어. B를 하기 위해서는 A라는 과정을 먼저 거쳐야 일을 진행할 수 있어. 만약에 A를 거치지 않고 B를 하려고 하면 어떻게 될까?"

"B를 하기 힘들어지겠지요?"

지연이는 선생님의 말씀을 곱씹으며 대답했어요.

"그래, 맞았어. 수학도 마찬가지란다. 어떤 목적지까지 가는 데 무엇이 필요하고 어떤 과정이 있어야 하는가를 공부하는 것이 바로 수학이야. 수학을 그저 셈과 공식으로 이뤄진 공부로 생각하면 지연이가 나중에 어른이 되어도 해결 못하는 일이 많아질 거야."

"그런데 선생님, 수학은 셈과 공식으
로 이루어진 공부가 맞지 않나요? 어떤
애들은 수학이 문제에 대한 답이 딱 정
해져 있어서 재미있고 좋다고도 하는데,

저는 수학 문제를 풀 때마다 제가 푼 답이 정답이 아닐까 봐 얼마나 초조한지 모르겠어요.”

　지연이는 수학 문제를 풀 때마다 느낀 감정이 생각났는지 고개를 푹 숙이며 말했어요.

　“지연이뿐만 아니라 모든 사람이 다 수학 앞에서는 초조해한단다. 그래도 지연이가 수학 앞에서 당황해하는 모습을 생각하니 선생님도 참 안타깝구나. 그런데 우리 이렇게 한번 생각해 보자. 수학에서 어떤 공식을 이용해 문제를 푸는 것처럼 우리 현실에서도 어떤 기준을 세우고 살아간단다. 기준을 세우기 위해서는 전체를 보는 눈이 필요하지. 전체를 보는 눈이 없다면 지연이가 어른이 돼서도 사는 것이 힘들어질 거야. 눈앞의 작은 이익 때문에 큰 원칙이 흔들려 뒤죽박죽이 될 수 있거든. 전체를 보며 원칙을 세울 때 비로소 한 걸음씩 내디딜 수 있는 거지. 그렇게 했을 때 지연이는 많이 성장해 있을 거야. 지금은 지연이가 아직 어려서 그런 부분이 미숙하기 때문에 수학을 통해 전체를 보는 눈을 기르는 거란다.”

　지연이는 고개를 끄덕이며 선생님의 말씀을 새겨들었어요.

"선생님, 그러면 지금 수학을 제대로 알고 공부하면 어른이 되어서도 많은 도움이 된다는 말씀이시네요?"

"그렇지. 그러니 수학 문제를 풀어서 정답을 꼭 맞혀야겠다는 생각보다는 천천히 문제를 풀어 나가면서 그 과정을 익히고 차근차근 실력을 쌓아가는 데 중점을 두도록 하렴."

모처럼 지연이의 얼굴이 환하게 밝아졌어요.

"네! 오늘부터는 조금 편안한 마음으로 수학 공부를 할 수 있을 것 같아요. 정말 감사합니다."

누구나 수학 시험지에 빨간 동그라미만 가득하기를 바랄 거예요. 하지만 수학은 정답을 맞히는 것보다 그 답을 찾아 나가는 과정이 더 중요해요. 지연이처럼 오로지 답을 맞히는 것에만 집중하고 수학을 공부하는 친구가 많을 거예요.

하지만 수학은 단순히 덧셈과 뺄셈을 통해 맞고 틀리느냐를 가리는 학문이 아니랍니다. 답을 구하는 데 어떤 기준이 필요하고 어떤 과정을 거쳐야 하는지 미리 배워 가는 학문이지요.

　　기준을 세우기 위해서는 '전체를 보는 눈'이 있어야 해요. 전체를 보는 눈이 있다면 우리는 살면서 일어나는 많은 상황 앞에, 보다 성숙하고 지혜롭게 대처할 수 있게 된답니다.

　　예를 들어, 초등학교 2학년이 되면 뒤집기와 돌리기로 대칭을 배우지요? 대칭으로 균형을 이루는 개념을 알면, 도형 전체를 보는 눈이 길러져요. 이러한 개념에 익숙해지면 하나의 기준이 세워지고, 도형뿐 아니라 다른 모든 문제에도 그 기준을 대입해 볼 수 있게 되지요. 대칭은 전체를 보는 눈을 기르는 밑바탕 가운데 하나랍니다. 이렇게 수학적 개념을 하나하나 알아갈수록 어린이 여러분은 전체를 볼 줄 아는 사람으로 성장할 거예요.

오늘은 윤기네 반 친구들이 반장인 상우의 삼촌이 일하고 계시는 과학 연구소로 현장 학습을 가는 날이에요. 얼마 전 장래 희망을 발표하는 시간에 과학자가 되고 싶다고 말한 윤기는 누구보다 더 신이 나 있었어요. 진짜 과학자들이 어떤 일을 하는지 직접 볼 수 있다고 생각하니 잔뜩 기대가 되었지요.

들뜬 마음으로 연구소에 도착하자 미리 나와 계시던 상우의 삼촌이 손을 흔들며 다가와 반갑게 인사를 건네셨어요.

“안녕하세요. 만나서 반가워요. 오늘 여러분에게 연구소를 안내해 줄 연구원 김수현입니다. 오늘은 일일 선생님으로 이 자리에 섰으니까 편하게 선생님으로 불러 주세요. 이곳에 오신 것을 진심으로 환영하고, 여러분에게 좋은 경험이 되었으면 합니다.”

선생님을 따라 조그만 강의실로 들어서자 벽에 걸린 하얀 스크린이 눈에 들어왔어요. 선생님은 강단에 서서 친구들이 앉기를 기다렸지요. 그런 모습이 아이들의 눈에는 무척 근사하게 보였어요.

“선생님 진짜 멋있다. 그렇지?”

“응, 나도 선생님처럼 멋진 과학자가 되고 싶다.”

“윤기 네가? 넌 수학도 못하잖아. 수학뿐만 아니라 과학도 잘해야 되는데 너는 둘 다 못하니까 안 될걸?”

선생님처럼 될 수 없다는 기진이의 말에 윤기는 기분이 상하고 말았어요. 하지만 수학도 과학도 잘하지 못한다는 기진이의 말이 사실이라 뭐라고 더 할 말이 없었지요.

“거기 뒤에 있는 학생들, 이제 조용히 해 주세요. 혹시 여러분 중 과학자가 되고 싶은 친구가 있나요?”

그러자 기진이와 말다툼을 하던 윤기가 손을 번쩍 들었어요.

"아까 뒤에서 계속 떠들던 친구군요. 꿈이 과학자라고 했는데, 과학자가 되고 싶은 이유는 무엇인가요?"

"멋있어 보여서요. 폼 나잖아요."

윤기의 대답을 들은 친구들이 킥킥대더니 하나둘 학생들이 소리치기 시작했어요.

"똑똑해 보여요!"

"돈을 많이 벌어요!"

아이들의 외침에 선생님께서 함박웃음을 터뜨리며 말씀하셨어요.

"하하하. 여러분은 과학자를 그렇게 생각하고 있군요. 과학자는 초등학생의 장래 희망 중 상위권에 속하는 직업군이라고 해요. 하지만 이 현상은 중학교, 고등학교를 거치면서 점차 달라지게 되지요. 대학 진학을 앞둔 고등학생들의 사정이 바뀌어 이공계에 진학하는 학생들이 점점 줄어든다고 해요. 그 이유는 대체 무엇일까요? 혹시 아는 친구가 있다면 말해 볼까요?"

선생님의 질문에 윤기는 주변의 눈치를 보다 쭈뼛쭈뼛 손을 들고 대답했어요.

"수학이나 과학을 못해서요."

이번에도 아이들은 윤기의 대답을 듣고 킬킬댔어요.

"그래요. 수학이나 과학이 어려워서 성적이 잘 나오지 않는 경우도 있어요. 과학자라는 직업의 특성상 수학과 과학을 잘해야 하는데, 그 중에서도 수학은 기본으로 알고 있어야 하지요. 그런데 다른 이유가 또 있어요. 과학자는 타 분야와 비교해 소득이 높은 것도 아니고, 다른 직업에 비해 일찍 퇴직하게 되어 직업의 생명이 길지 않기 때문이에요. 과학자라는 직업은 여러분의 예상과 달리 돈을 많이 벌지도, 직장을 오래 다닐 수도 없는 그런 직업이라는 겁니다. 그렇다면 요즘 학생들이 장래에 원하는 직업 1순위는 무엇일까요?"

그러자 아이들이 너도나도 손을 들었어요.

"선생님이요!"

"대기업 사원이요!"

"가수요!"

"공무원이요!"

아이들은 저마다 자신이 생각하는 장래 희망 1순위를 이야기했어요. 그런데 선생님의 표정은 별로 좋아 보이지 않았어요.

"맞아요, 여러분이 지금 말한 직업들이 다 많은 학생이 원하는 직업이에요. 그중에서도 요즘 학생들이 가장 되고 싶어 하는 것은 바로 연예인이라고 해요. 그 이유는 화려한 모습에, 남들보다 돋보이는 직업이기 때문이지요."

윤기네 반에도 연예인을 꿈꾸는 아이들이 여럿 있었어요. 그 친구들은 고개를 끄덕이며 선생님 말씀을 경청했지요.

"연예인이 되어 사람들에게 즐거움을 주고, 다른 나라에 우리나라를 알리는 것은 아주 좋은 일입니다. 하지만 이공계 분야만큼 우리나라의 발전을 도모하지는 않아요. 사실 이공계 분야처럼 창조적 인재가 필요한 분야는 없어요. 새로운 것을 창조하는 혁신성과 창조성이 뒷받침되어야 하는 영역이기 때문이지요. 국가가 더 발전하기 위해서는 창의적 발상을 통한 새로운 기술 개발이 반드시 필요해요. 그래야 지금보다 더 많은 일자리가 생기면서 사람들이 그 분야에 취업해서 일을 할 수 있게 되거든요. 이런 면에서 과학 기술인의 역할이 매우 중요하다는 겁니다. 만약 과학자와 같은 과학 기술인이 없다면 어떻게 될까요?”

맨 앞줄에 있던 상우가 대답했어요.

“기술이 발전하지 못해요.”

“맞아요. 여러분이 가지고 있는 휴대 전화만 봐도 알 수 있어요. 휴대 전화도 과학 기술인들에 의해 여러 과정을 거쳐 한 제품으로 완성되었죠. 휴대 전화처럼 우리의 생활을 더욱 윤택하게 만들어 주는 더 나은 기술이 시중에서 선보일 때 국가의 위상 역시 높아진답니다. 과학 기술인은 개인을 위한 이익보다는 국가의 발전에 도움을 주는 역할을 하고 있습니다.”

선생님의 말씀에 아이들은 눈을 초롱초롱 빛내기 시작했어요.

“와, 정말 멋지다! 나도 갑자기 과학자가 되고 싶어졌어.”

“나도, 나도!”

“과학자가 이렇게 멋진 직업인 줄 몰랐어요.”

선생님께서는 빙그레 웃으며 말을 이으셨어요.

“그렇지요? 과학자는 한 가지 분야의 한정적인 일만 하는 게 아니라 이 세상에 있는 모든 것을 대상으로 연구할 수 있답니다. 더 나은 미래를 위해 과학자들은 지금도 열심히 연구하고 있어요. 여러분도 훗날 우리나라 발전에 도움을 줄 수 있는 사람이 되었으면 좋겠습니다. 그러기 위해서는 우선 아무리 어려워도 수학 공부를 열심히 하는 것이 좋겠지요? 수학은 과학자뿐만 아니라 다른 꿈도 크게 키워 줄 수 있는 과목이니 모두들 흥미를 가지고 열심히 하도록 해요!"

선생님의 이야기가 끝난 뒤, 친구들은 연구소를 여기저기 돌아보았어요. 어딜 봐도 신기한 광경이 펼쳐졌지요.

"이곳은 연구원들이 다양한 아이디어를 내고 회의하는 곳입니다."

왠지 이 회의실에 있으면 모두 멋진 연구원이 될 수 있을 것만 같았어요. 윤기는 흰 가운을 입고 안경을 쓰고 있는 자신의 모습을 상상했어요. 생각만 해도 근사했지요.

"여기는 아이디어를 적용해 실험을 진행하는 곳입니다. 우리 눈으로는 보이지 않는 아주 작은 생물의 움직임을 현미경으로 관찰하며 실험을 하지요."

"와, 정말 신기해요!"

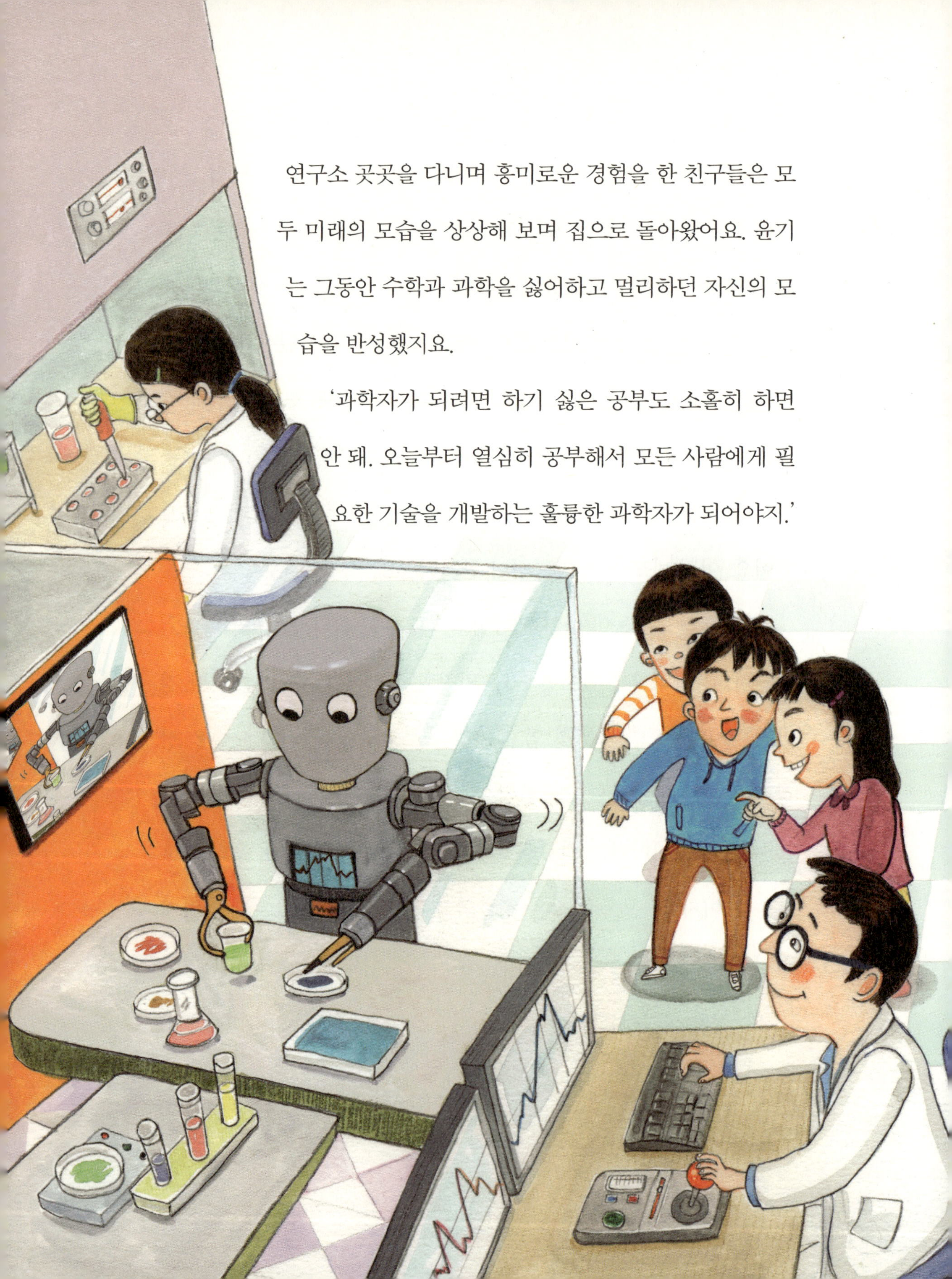

연구소 곳곳을 다니며 흥미로운 경험을 한 친구들은 모두 미래의 모습을 상상해 보며 집으로 돌아왔어요. 윤기는 그동안 수학과 과학을 싫어하고 멀리하던 자신의 모습을 반성했지요.

'과학자가 되려면 하기 싫은 공부도 소홀히 하면 안 돼. 오늘부터 열심히 공부해서 모든 사람에게 필요한 기술을 개발하는 훌륭한 과학자가 되어야지.'

그때 엄마가 거실에서 윤기를 부르셨어요.

"윤기야, 오늘 현장 학습은 어땠니?"

"엄마, 정말 재미있었어요. 그동안 수학이랑 과학 공부하기가 너무 싫었는데, 연구소 선생님 말씀을 듣고 보니 더 열심히 공

부해야 제 꿈을 이룰 수 있겠다는 생각이 들었어요.”

엄마는 윤기가 한 생각이 기특한지 머리를 쓰다듬어 주시며 말씀하셨어요.

“우리 윤기가 오늘 많은 걸 배우고 왔구나. 벌써 이런 생각을 다 하고 기특하네.”

“솔직히 반 친구들 중에는 장래에 연예인이 되고 싶다는 애들이 많아요. 텔레비전에도 나올 수 있고, 예쁜 옷도 입을 수 있고, 많은 인기도 얻을 수 있으니까요. 연예인이 나쁘다는 건 아니지만, 저는 그보다 다른 사람에게 도움을 주고, 우리나라가 성장하는 데 도움을 주는 큰 사람이 되고 싶어요. 물론 오래오래 일할 수도 없고, 돈을 많이 벌 수 없는 과학자라도 말이에요.”

윤기의 진지한 표정을 본 엄마는 고개를 끄덕이셨어요.

“그래, 잘 생각했구나. 엄마는 윤기가 원하는 대로 멋진 과학자가 돼서 우리나라에 사는 많은 사람이 윤기 도움을 받았으면 좋겠어. 윤기가 훌륭한 과학자가 될 때까지 엄마도 곁에서 응원할게. 우리 아들, 파이팅!”

여러분의 장래 희망은 무엇인가요? 그 꿈을 이루려면 어떤 공부를 열심히 해야 하는지 잘 알고 있나요?

과학자가 되고 싶은 윤기는 그동안 수학과 과학을 공부하기가 너무 싫었어요. 하지만 윤기가 이루고자 하는 과학자의 꿈에 가까워지려면 수학도, 과학도 열심히 공부해야 해요. 수학과 과학은 함께 어울리며 이루어지는 학문이거든요.

꼭 공부를 잘해야 과학자가 되는 것은 아니에요. 하지만 더 많은 분야의 연구를 하기 위해서는 더 많은 지식이 필요하답니다.

혹시 윤기처럼 과학자를 꿈꾸고 있는 친구들이 있나요? 그렇다면 지금부터 천천히 그 꿈을 이루기 위한 계획을 세워 보세요. 수학이 아직 어렵고 지루한 친구들이 있다면 우선 수학과 관련한 재미있는 책을 먼저 읽어 흥미를 찾는 것도 좋은 방법이에요. 수학뿐만 아니라 과학에 관한 책을 읽으며 과학 속에 숨겨져 있는 수학을 찾아보는 것도 아주 재미있겠지요. 이렇게 다양한 방법으로 호기심을 갖고 접근하다 보면 여러분은 꿈에 한 걸음 더 가까워질 수 있을 거예요.

세상에서 가장 유명한 수학 이론을 밝혀 낸 사람이 있어요. 바로 그리스의 수학자 '피타고라스'예요. 그는 '피타고라스의 정리'로 알려진 수학적 성질을 증명해 모든 사람을 놀라게 했지요. 피타고라스는 어려서부터 그림과 운동을 배웠고 장사를 하는 부모님을 따라다니며 세상 물정을 익히기도 했어요.

"피타고라스, 어떤 일이든 항상 최선을 다해야 한단다."

언제나 아들이 최고의 교육을 받을 수 있게 배려해 주신 부모님 뜻에 따라 무엇이든 열심히 배운 피타고라스는 올림픽 경기에 참가해 지금의 권투와 비슷한 판크라티온 경기에서 우승을 차지하기도 했지요. 최선을 다한 피타고라스는 여러 분야에서 항상 우수한 결과를 내놓곤 했답니다.

그러던 어느 날, 피타고라스의 스승인 탈레스가 피타고라스에게 이런 제안을 했어요.

"나와 함께 이집트로 가지 않겠느냐? 그곳에서 새로운 경험을 하면 너에게 큰 도움이 될 것이다."

피타고라스는 탈레스의 제안을 받아들여 이집트로 유학을 떠났습니다. 23년 동인 나일 강 연안의 여러 신전을 다니며 기하학과 천문학 등을 배우게 되었지요.

어느 날, 피타고라스는 길 바닥에 깔린 타일을 보며 생각에 잠겨 있었어요. 잠시 후, 피타고라스는 고개를 들고 소리쳤어요.

"아, 이거구나!"

타일을 통해 정리의 힌트를 알게 된 거예요. 피타고라스의 정리는 직각 삼각형의 세 변의 관계를 나타내는 기본 정리예요.

"임의의 직각 삼각형에서 빗변을 한 변으로 하는 정사각형의 넓이

는 다른 두 변을 각각 한 변으로 하는 정사각형의 넓이의 합과 같아.

바로 이거야! 빗변의 길이를 c, 다른 두 변의 길이를 각각 a, b라고 하면 $a^2+b^2=c^2$ 으로 쓸 수 있어."

무엇이든 최선을 다해 배우던 피타고라스는 바닥에 깔린 타일 조각들을 통해서도 값진 결과를 이끌어 낼 수 있었어요.

이후 피타고라스는 학교를 설립하여 많은 젊은이를 철학자와 정치가로 키워 냈어요.

"선생님의 제자가 되고 싶습니다."

"제자로 삼아 주십시오."

입소문을 듣고 점점 피타고라스의 제자들이 늘어났고, 6세기 말엽에 피타고리스학파는 하나의 정치 세력으로 영향력을 나타내기까지 했어요.

피타고라스가 없었다면 직각 삼각형의 관계는 밝혀지지 않았거나, 많은 시간이 흐른 후에나 밝혀졌을 거예요. 그런데 피타고라스 말고도 많은 사람을 놀라게 한 수학자가 있어요.

요한 프리드리히 칼 가우스는 독일의 브라운슈바이크에서 태어난 독일 수학자였어요.

가우스가 10살 때의 일이에

요. 가우스의 담임 선생님은 떠드는 학생

들을 조용히 시키려고 칠판에 아주 긴 수학 문제를

쓰기 시작했어요.

$$1+2+3+4+\cdots\cdots+96+97+98+99+100=?$$

"자, 다들 이 문제를 풀어 보도록 해요."

학생들은 1에서 100까지 하나하나 더하며 문제를 풀고 있었어요.

그런데 가우스가 갑자기 손을 번쩍 들더니 이렇게 말했지요.

"선생님, 다 풀었습니다."

문제를 풀기엔 너무 빠른 시간이어서 선생님은 가우스가 대충 계산했다고 여기고 화를 내셨어요. 그런데 이게 어찌된 일일까요? 가우스의 답이 아주 정확한 거예요.

"가우스, 어떻게 이렇게 빠른 시간에 문제를 풀었지?"

그러자 가우스는 싱긋 웃으며 대답했어요.

"1+100=101, 2+99=101, 3+98=101이라는 패턴만 파악하면 돼요. 결국 101이 50개 있다는 뜻이니 50×101=5,050이라는 답이 나오지요."

어렸을 때부터 수학에 뛰어난 재능을 보인 가우스는 열아홉 살이 되기도 전에 자와 컴퍼스만을 사용해 모서리까지 정확한 정17면체 모형을 만들 수 있음을 최초로 증명해 보이기도 했어요. 이것은 유클리드 기하학이 만들어진 지 2,000년 만의 첫 발견이었지요.

대학에서 가우스는 많은 과목을 공부했지만 평생 추구한 것은 수학 연구였어요. 그는 명성과 부에는 관심이 없었고 오로지 개인의 만족을 위해 수학을 연구했지요. 약 50년 동안 괴팅겐 대학에서 수학과 천문학을 가르친 가우스는 뉴턴, 아르키메데스와 더불어 당대의 가장 위대한 수학자 중 한 사람으로 평가받고 있어요.

가우스는 수학과 과학 분야에서 거의 손대지 않은 곳이 없을 정도로 방대한 연구를 자랑했어요. 그 덕분에 많은 분야에서 그의 영향력이 나타나고 있지요.

현대에도 '수학의 왕'으로 알려져 있는 가우스는 죽기 직전 이런 유언을 남겼어요.

"내가 죽으면 나의 무덤에 정17면체를 새겨 주시오."

그래서 사람들은 가우스의 묘비에 17개의 꼭짓점을 지닌 별을 새겼답니다.

가우스와 같은 훌륭한 수학자들이 수학에 관심을 가지고 연구하지 않았다면 과학도 발전하지 못했을 거예요. 만약 과학이 발달하지 않았다면 우리는 지금처럼 편리한 생활을 하지도 못하겠지요. 그만큼 수학은 우리 삶에 꼭 필요한 중요한 학문이랍니다.

일제 강점기 때의 일입니다. 저녁 시간만 되면 누군가 종각 근처 길거리에서 수학 수업을 진행하곤 했어요. 어느 수학 선생님이 칠판에 수식을 써 가면서 거리의 사람들에게 열심히 강의를 했지요.

그 모습이 신기했는지 한두 사람이 발걸음을 멈추기 시작했고, 곧 멀리서도 눈에 띌 정도의 모임이 되었어요.

"왜 사람들이 이렇게 모여 있는 거지?"

"우리도 한번 보고 갈까?"

"그러게나."

종로를 오가던 많은 사람이 영문도 모르고 기웃거리다가 자리를 잡고 앉기도 했어요.

"콩 두 되 반과 좁쌀 한 되 반을 더하면 얼마입니까?"

선생님의 질문에 푸근한 인상의 아주머니 한 명이 대답했어요.

"당연히 넉 되죠."

"맞아요, 잘 기억하고 계시네요. 그럼 또 다른 질문을 드릴게요. 이번에는 이 문제를 풀어 볼까요?"

선생님의 제자들은 초롱초롱한 눈망울의 어린아이들부터 건장한 청년, 곰방대를 문 할아버지, 행주치마를 두른 아주머니 등 무척 다양했어요. 선생님은 콩과 좁쌀의 덧셈을 칠판에 써 가면서 친절하게 설명하기 시작했어요.

"자, 이 문제는 이렇게 생각하면 돼요."

선생님은 양손에 분필을 들고 오른손으로 칠판에 수식을 쓰다가, 다시 왼손으로 쓰기를 반복했어요. 그 능숙한 모습에 사람들이 크게 감탄할 정도였지요.

설명이 어찌나 간단하고

쉬웠는지, 아이부터 노인까지 모두 이해할 수 있을 정도였어

요. 그렇게 한동안 종로 거리에서는 수학 수업이 끊이지 않았답니다.

化商店

'거리의 수학 선생님'이라 불린 이 사람이 바로 해방 후 서울대학교에 수학과를 창설한 최규동입니다. 대수학을 가르친다 하여 '최대수'라 불리기도 했지요.

최규동은 경북 성주의 유교 집안에서 출생해 어렸을 때부터 한학을 공부했어요. 그러다 개화기를 맞아 서울에서 근대 학문인 수학을 공부하게 되었지요. 근대 학문은 그때만 해도 제대로 가르쳐 주는 사람이 없었기에 대부분 독학으로 공부해야 했고, 최규동도 그중 한 명이었어요.

당시에는 신식 교육이 보급되긴 했어도 여전히 읽지도 쓰지도 못할 뿐만 아니라 셈도 못하는 사람들이 대부분이었어요. 특히 수학은 특수한 교육을 받은 사람들에게만 보급되었지요. 국민은 여전히 수학에 무관심했고, 수학 교육을 받을 기회조차 없었어요. 최규동은 이런 모습을 안타깝게 여겼지요.

'모든 사람이 수학을 쉽게 공부할 수 있는 방법이 없을까?'

한참을 고민하던 최규동은 어느 순간, 손뼉을 "짝" 치며 이렇게 중얼거렸어요.

"그래, 일상생활과 연결해서 수업을 진행하면 쉽게 머릿속에 들어올 거야."

최규동은 수학을 일상과 관련 지으면 쉽고 재미있게 가르칠 수 있다고 믿었고, 그 믿음 하나로 사람이 많이 다니는 종로 사거리에서 수학 수업을 시작했어요.

"종로 사거리에서 이 시간만 되면 어떤 남자가 나와서 수학을 가르쳐 준다던데, 우리도 한번 들어 볼까?"

"그래? 종로 사거리라면 바로 여기가 아닌가? 조금만 기다리면 시작하겠구만."

종로를 오가던 사람들은 최규동의 수업을 기웃거리며 수학에 흥미를 느끼기 시작했어요. 수학이 재미있게 느껴진 사람들은 매일 그 시간에 맞춰 최규동을 기다리게 되었고, 결국 많은 사람이 거리에서 열심히 수학 공부를 할 수 있었답니다.

최규동이 있어 교육과 거리가 먼 일반 사람들도 수학을 재미있게 공부하고, 일상에서 편리하게 사용할 수 있었던 거예요.

 바로 수학적 능력이 뛰어났던 천문학자 이순지예요. 이순지는 원주 목사와 강원도 관찰사 등을 거친 양반 집안에서 태어났어요. 1427년 과거에 급제해 외교 문서를 담당하는 승문원에서 근무했지요.

이순지가 세종 대왕의 신임을 받고 수학자로서 인정받게 된 데에는 이런 시대적 배경이 있었습니다. 그때만 해도 세종 대왕은 평소 중국의 서적 등을 통해 문자나 달력을 조선이 얻어다 쓰는 것을 옳지 않다고 생각해서 한글을 만드는 일과 더불어 '조선의 자주적 달력'을 만드는 일을 중요하게 생각했어요. 그런데 달력을 제작하는 데에는 관측 기술뿐만 아니라 천문학 계산 능력이 필요했기 때문에, 세종 대왕 역시 손수 수학 공부를 하고 수학을 적극적으로 장려했지요. 하지만 이런 노력에도 불구하고 그 당시의 수학자 대부분은 계산 기술에만 익숙할 뿐 수학적 원리에 대한 탐구에는 접근하지 못해 천문학이 요구하는 수학 즉, 기하학적 계산을 해내지 못했어요.

세종 대왕은 고민 끝에 문신들 가운데 재능있는 사람들을 선발하여 역법에 필요한 수학 관련 학문인 산법을 익히게 했어요. 그 여러

문신들 가운데 수학적으로 가장 뛰어난 인물이 바로 이순지였습니다. 《세종실록》에 보면 1430년에 이순지가 서울의 위도를 정확히 계산한 기록이 남아 있어요.

"서울의 북극 출지는 38도 남짓일세."

"그게 정말인가?"

"그렇네. 이 계산으로 한다면 북극 출지는 38도 남짓이 확실하네."

하지만 이 소식을 들은 세종 대왕은 그가 틀렸을 거라고 생각했어요. 그 당시 조선은 아직 천문학이 발달하지 않아서 위도를 정확히 계산한다는 것은 믿기 어려운 일이었거든요. 그런데 중국에서 온 천문학책을 통해 이순지가 구한 값이 정확하다는 사실을 알게 된 세종 대왕은 이 일로 이순지를 크게 신임하게 된 것이지요.

그 일 이후 1432년, 세종 대왕은 경복궁 경회루 연못 북쪽에 높이 8미터나 되는 '간의대'라는 천문관 측대를 세웠어요. 간의대가 완성된 후 세종 대왕은 이런 명을 내렸지요.

"지금 간의대에 몇 명의 천문관이 있는가? 간의대의 책임자는 이순지로 하게나."

　매일 다섯 명의 천문관이 간의대에서 천문을 관찰했는데, 이순지가 이 관측소의 책임자가 된 거예요. 전부터 천문 역산에 관심이 많았던 이순지는 이때부터 천문학 연구에 더욱 심혈을 기울였습니다.

　이후 이순지는 《칠정산》이라는 책을 완성하는 큰 업적을 세웠어요. 칠정산이란 칠정 계산 방법을 가리키는 것으로, 칠정은 일곱 개의 움직이는 별, 즉 해·달·수성·금성·화성·목성·토성을 가리킵니다. 《칠정산》은 중국의 천문 역법을 조선에 맞게 고쳐 보려 시도한 것으로, 아주 가치있는 일이었어요.

　《칠정산》은 내편과 외편 두 가지로 나뉘어 있는데, 중국의 모든 천문 역법을 정리해 우리에게 맞게 수정한 것이 바로《칠정산 내편》이고, 아라비아의 천문 계산법을 조선의 사정에 맞게 고친 것이《칠정산 외편》이지요. 특히 이순지는《칠정산 외편》의 완성자라고 기록되어 있으나 실제로는 내편과 외편 모두에 중요한 역할을 했답니다.

　《칠정산》의 완성으로 조선의 천문 역법은 굳게 자리 잡게 되었습니다. 우리나라 최초로 서울을 표준으로 한 역법 체계를 갖추게 되었지요. 이순지가 천체 운동의 계산을 정확히 할 수 있는 길을 열어 준 거예요.

　이순지는 1445년에 《제가역상집》이라는 책을 완성하기도 했어요. 이 책은 주로 천문·역법·의상·구루의 4부에 걸쳐 당시의 지식을 정리한 거예요. 여기서 의상은 천문 기구를 말하고, 구루는 해시계와 물시계를 말합니다. 세종 대왕 때 수많은 천문 기구와 해시계, 물시계가 만들어진 것은 바로 이런 연구가 뒷받침되었기 때문이지요. 그때도 지금처럼 자연 과학의 연구에는 수학이 중요한 몫을 차지했어요.

　어떤 분야든 중요하지 않은 것은 없답니다. 하지만 그중에서 우리의 생활을 편리하게 해 주는 과학은 수학이 기본이 되어야 하지요. 수학처럼 우리를 편리하게 해 주는 학문은 없어요. 수학은 과거에도 현재에도 미래에도 아주 중요한 학문이에요.

　아직도 수학이 왜 중요한지, 왜 배워야 하는지 모르겠나요? 그렇다면 우리를 위해 힘쓴 다른 수학자들을 한번 찾아보세요. 수학자들의 이야기를 듣다 보면 수학이 얼마나 소중한지 잘 알게 될 거예요.

PART 2

어려운 수학 공부, 이렇게 해 보아요

영훈이는 수학 시간만 되면 분주해져요.

"앗, 다음 시간 수학이네? 지용아, 숙제했어?"

"응, 너 안 했어?"

"응……. 답 좀 보여 주라. 오늘 쪽지 시험도 보는데 큰일이네. 나 하나도 모르는데 어떡하지?"

영훈이는 잔뜩 걱정하며 짝꿍 지용이의 수학 공책에서 계산 과정도 적지 않고 답만 공책에 베껴 적었어요.

'어차피 답만 맞으면 되잖아. 시간도 없는데 과정은 쓰지 말자.'

잠시 후, 수업 시작을 알리는 종이 울리고 선생님이 교실에 들어오셨어요.

"수학 숙제 다들 했지요? 끝나고 반장이 걷어서 가지고 오세요. 오늘은 미리 말한 대로 쪽지 시험을 보도록 하겠어요. 연습장 한 장씩 준비하고, 필기구를 뺀 나머지는 다 집어넣으세요."

학생들이 시험 볼 준비를 마치자 선생님은 칠판에 문제를 쓰기 시작하셨어요. 반 친구들은 문제가 하나씩 완성될 때마다 연습장에 받아 적고 문제를 풀기 시작했어요.

영훈이가 지용이에게 귓속말을 했어요.

"지용아, 1번 답 뭐야?"

"나도 아직 안 풀어서 몰라. 기다려 봐."

지용이는 칠판에서 문제를 받아 적으며 대답했어요. 그런데 선생님이 영훈이와 지용이의 대화를 들으셨는지 문제를 적으면서 말씀하셨지요.

"오늘 시험에서 몇 개 맞는지가 중요한 게 아니에요. 그동안 얼마나 예습과 복습을 잘했는지 알기 위해 시험을 보는 거니까, 다른 친구의 답을 보고 적는 일은 없도록 하세요."

막 지용이의 답을 베끼려던 영훈이는 깜짝 놀랐어요.

'선생님이 어떻게 아셨지? 에이, 야단났네.'

그동안 예습과 복습을 전혀 하지 않은 영훈이는 선생님의 눈치를 보느라 지용이의 답도 베끼지 못하고, 아는 문제도 없어서 결국 열 문제 중 세 문제에만 답을 썼어요.

"자, 다 썼지요? 이제 짝꿍이랑 시험지를 서로 바꿔서 채점하고 앞으로 제출하도록 하세요. 답이 중요한 것이 아닙니다. 과정을 보면서 어떻게 푸는지 확인할 수 있는 기회를 가지는 게 더 중요해요."

반 친구들은 채점을 하며 누가 몇 개나 맞았는지 서로 확인하기 시작했어요. 다 맞은 친구를 부러워하기도 하고, 자신이 틀린 문제를 아쉬워하기도 했죠. 영훈이는 푼 세 문제 중 한 문제밖에 맞히지 못했어요.

"오늘 다섯 문제 이상 틀린 친구는 왜 틀렸는지 친구의 도움을 받아 알아보고 다시 풀어 보도록 하세요."

수업이 끝나고 선생님이 나가시자 앞에 앉아 있던 지연이가 영훈이를 향해 고개를 돌리며 물었어요.

"영훈아, 너 몇 개 틀렸어?"

"응? 그, 그게……."

영훈이는 지연이에게 자신의 점수를 말하기가 부끄러워 얼버무리며 딴청을 피웠어요.

"너 이 문제 알지? 나 좀 알려 줄래?"

"아니, 나 잘 몰라. 지혜한테 물어 봐."

지연이의 계속되는 질문에 영훈이는 당황해서 황급히 자리를 뜨고 말았어요. 지연이는 그런 영훈이가 자신을 싫어하는 것 같아 기분이 상했지요. 하지만 영훈이는 자신의 점수를 친구들이 알면 놀림을 당할까 봐 걱정이 되었어요. 영훈이에게 수학은 늘 어렵고 두렵기만 한 존재였지요.

반면 지연이는 영훈이처럼 수학을 어려워하긴 했지만 모르는 문제를 다른 친구들에게 종종 묻곤 했어요. 반 친구들에게 스스럼없이 다가가 질문하기도 하고, 선생님을 찾아가 직접 여쭤 보기도 했지요.

1 모둠
2 모둠
3 모둠
이건 어떻게 풀어요?
문제

"선생님, 저 이 문제를 아직 잘 모르겠는데 다시 설명해 주세요."

"그래, 이 문제가 아직 이해가 안 가니? 선생님이랑 다시 한 번 풀어 보자."

"선생님, 이 부분이요. 이 부분부터 이해가 가지 않아요."

우연히 그런 지연이의 모습을 본 영훈이는 지연이가 무척 대단해 보였어요.

'지연이는 궁금한 문제가 생기면 창피해하지 않고 질문하는구나.'

영훈이는 지연이를 지켜보다가 지연이가 자리로 돌아오자 살며시 말을 걸었어요.

"지연아, 너는 모르는 게 창피하지 않아? 친구들이 놀리면 기분이 나쁘잖아."

"아니, 오히려 모르는 걸 창피하다고 숨기는 것이 더 창피한 행동 같아. 모른다고 계속 감추면 내 실력이 늘질 않고, 틀린 문제도 계속해서 틀리게 되잖아."

영훈이는 지연이의 말을 곰곰히 생각해 보았어요. 그러고는 며칠 동안 지연이의 행동을 관찰해 보았지요.

지연이는 수학뿐 아니라 뭐든 궁금한 것이나 모르는 것이 생기면 친구나 선생님께 반드시 질문을 했어요. 영훈이의 생각과 달리 지연이가 모르는 것을 질문한다고 해서 놀리는 친구들은 없었어요. 오히려 더 반갑게 이야기해 주고 대답해 주려고 노력했지요.

　지연이의 모습을 본 영훈이는 마음을 고쳐먹기로 했어요. 창피하다는 생각을 버리고 용기를 내어 짝꿍 지용이에게 수학 문제를 물어 보았지요. 지용이는 어떻게 반응했을까요? 물론 기쁜 마음으로 영훈이에게 문제를 설명해 주었답니다.

　태어날 때부터 똑똑한 사람은 없어요. 다들 노력하고 열심히 공부해서 똑똑해지는 것이죠. 하지만 아무리 공부해도 모든 것을 다 알 수는 없답니다. 사람들은 내가 알지 못하는 상황을 두려워하곤 합니다. 수학을 공부할 때 친구들이 느끼는 것도 마찬가지죠. 모르는 문제가 생기면 두려움과 당황스러운 마음이 생겨 문제에 제대로 접근하지 못하는 경우가 많아요. 하지만 이 순간을 극복하지 못하고 어물쩡 넘어간다면, 다음번에 같은 상황이 생겨도 동일하게 반응할 거예요. 그러면 수학은 점차 두렵기만 한 존재가 되겠지요.

　앞으로는 모르는 문제가 생겼다고 무작정 피하는 대신 친구나 선생님 등 잘 아는 사람들에게 가서 도움을 청해 보세요. 지연이와 영

훈이처럼 말이에요. 모르는 문제를 극복하는 기쁨을 맛보면 점점 수
학의 두려움에서 벗어날 수 있을 거예요.

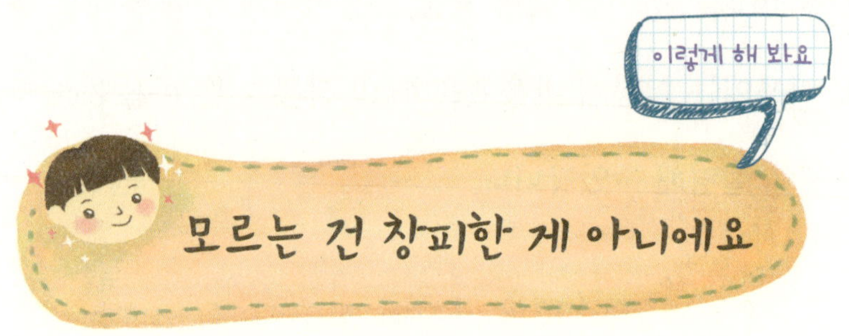

지연이와 영훈이의 태도를 잘 살펴보았나요? 두 친구의 태도는
어떻게 달랐나요? 영훈이는 모른다는 것을 부끄러워하고 숨기기만
했어요. 그러다 보니 영훈이는 모르고 넘어가는 것이 많았고, 결국 성
적은 늘 제자리였지요. 반면 지연이는 어땠나요? 지연이는 모르는 것
을 숨기려 하지 않았어요. 늘 친구나 선생님의 도움을 구해 어려운
문제를 해결해 나갔지요.

누구나 모르는 것이 있으면 창피해할 수 있어요. '다른 사람에게 놀
림감이 되지 않을까?' 하는 생각은 어른들도 가지고 있지요. 하지만
모든 것을 전부 아는 사람은 없습니다. 특히 어린이 여러분은 한창

배울 나이이기 때문에, 아는 것보다 모르는 것이 더 많아요. 모르는 것은 이상한 점이 아닌, 아주 정상적인 점이랍니다. 그러니 결코 부끄러워하거나 자신을 비하할 필요 없어요.

모르는 문제가 나오면 당황스러운 마음에 이미 알고 있던 것마저 잊어버리는 경험을 해 본 적이 있나요? 조금만 생각해 보면 풀 수 있는 문제인데 무작정 찍어 본 적도 있을 거예요. 그러다 보면 내 안에는 수학이 두렵고 어렵다는 편견이 자리 잡게 되죠.

이런 상황을 경험해 본 친구가 있다면, 먼저 수학이 어렵다는 생각부터 버리노록 하세요. 그 마음이 스스로를 위축시키고 자신감을 떨어뜨리거든요. '나는 못할 거야.', '나는 어차피 안 돼.'라는 생각 대신 '나는 할 수 있어!', '어떻게든 해 보자.'라는 생각을 하도록 노력해 보세요.

부정적인 생각을 하는 친구들은 수학 문제 외에도 다른 여러 가지 문제 앞에서 금방 좌절하고 포기하기 쉬워요. 하지만 긍정적인 생각을 갖고 노력한다면 그에 따른 보상이 꼭 따라온답니다.

수학이 어렵다고 피하지 마세요. 처음 보는, 잘 모르는 문제가 나왔을 때 '이걸 과연 풀 수 있을까?'라는 생각보다는 '이건 처음 보는 유형이네? 만날 풀던 것만 푸니까 재미없었는데 이제야 좀 문제 풀 맛이 나겠군.'이라든지, '시시한 문제만 나오다가 이제야 재미있는 놈이 나왔군.' 이런 식으로 바꿔 생각하고 문제를 풀어 보세요. 또 모르는 부분이 있다면 창피해하지 말고 주변 사람에게 당당하게 질문하세요. 긍정적으로 생각을 바꾸면 나 자신의 가치도 높아진답니다.

어려운 문제들을 해결하기 위해서는 사고력이 필요하므로 이러한 과정을 통해 여러분은 생각하는 힘을 더 기를 수 있을 거예요. 이런 식으로 수학에 대한 흥미가 생기면, 저절로 자신감도 기를 수 있어요. 이는 곧 자기 신뢰로 이어집니다. 물론 그 자기 신뢰의 바탕에 충분한 학습량이 전제되어야 함은 당연하겠지요?

자신감을 키워 보세요. 자신감이 생기면 어렵게만 생각하던 수학뿐만 아니라 다른 과목에서도 어려운 문제를 잘 풀어 나갈 수 있는 힘이 생길 거예요.

혜지가 가장 싫어하는 과목은 수학이에요. 오늘도 수학 숙제가 하기 싫어서 책상에 앉아 딴 생각만 하고 있었지요. 그때 엄마가 방문을 벌컥 열고 들어오셔서 혜지는 깜짝 놀랄 수밖에 없었어요.

"아이, 깜짝이야!"

"어머, 왜 이렇게 놀라니? 집중해서 숙제하는데 엄마가 방해했구나. 미안해."

엄마의 말씀과 달리 혜지는 숙제는커녕 아무것도 하지 않았지만 엄마의 눈치를 살짝 보고는 말했어요.

"괜찮아요, 엄마. 저 5분만 쉴게요. 그동안 텔레비전 조금만 봐도 되죠?"

"그래, 대신 딱 5분만이야. 엄마는 장 보러 갔다 올게. 수학 숙제는 다 했니?"

"조금만 더 하면 끝나요."

혜지는 건성으로 대답하고 거실로 가서 음악 프로그램을 보기 시작했어요. 혜지가 좋아하는 아이돌 가수가 나오자 혜지는 자신도 모르게 소리를 지르며 노래를 따라 불렀어요. 한참이 지나 음악 프로그램이 끝났는데도 엄마는 아직 장에서 돌아오지 않으셨죠.

"엄마 오실 때까지 컴퓨터나 좀 할까?"

컴퓨터를 켠 혜지는 조금 전에 텔레비전에서 본 아이돌 가수의 스케줄을 확인했어요.

"오, 이따가 이 프로그램에도 나오네? 아싸! 이거 꼭 봐야지."

이미 숙제는 까맣게 잊은 혜지가 다시 텔레비전 앞으로 가 다른 프로그램을 보려는 찰나 엄마가 장을 보고 돌아오셨어요.

“엄마 왔다. 혜지야, 너 아까부터 계속 텔레비전만 보고 있었던 거 아니지? 숙제는 다 했어?”

“네, 했어요.”

혜지는 여전히 텔레비전에서 눈을 떼지 못한 채 대답했어요.

“정말이야?”

엄마는 텔레비전을 보는 혜지를 지나쳐 혜지 방에 들어가셨어요. 그리고 잠시 후. 거실에 있던 혜지를 불러들이셨지요.

“혜지야, 수학 숙제 하나도 안 했잖니. 얼른 숙제부터 하렴.”

“아이, 엄마. 이것만 보고요.”

“숙제 먼저 하면 보게 해 줄게.”

혜지는 단호한 엄마의 태도에 금방 시무룩해져서 방으로 들어와 교과서를 폈어요. 하기 싫은 마음이 가득해서 문제를 푸는 내내 글씨가 삐뚤삐뚤했어요. 가뜩이나 싫어하는 수학책을 집에 와서까지 보고 있자니 혜지는 잔뜩 우울해졌어요. 게다가 수학 숙제를 하고 나면 국어 숙제도, 영어 숙제도 해야 했지요.

‘왜 이렇게 숙제가 많은 거지? 진짜 하기 싫다. 수학 숙제가 제일

하기 싫어…….'

　온통 하기 싫은 마음만 가득한 혜지는 수학 숙제를 하다 말고 국어책을 펴서 국어 숙제를 하다가, 또다시 영어 숙제를 하며 분주하게 굴었어요. 결국 혜지는 이것저것 들추기만 하다가 아무것도 끝내지 못했지요.

　'휴, 수학 숙제는 그냥 포기해야겠다.'

　어느덧 밤 9시가 되었고 혜지의 마음은 급하기만 했어요. 그래서 제일 하기 싫은 수학 숙제는 포기하고 다른 숙제부터 하기 시작했지요. 시간이 늦어지고 눈꺼풀이 무거워지자 혜지는 국어 숙제만 얼른 마무리하고 잠을 청했어요.

　이튿날 혜지는 엄마의 잔소리와 함께 등교했어요. 숙제를 하지 않아 수학 시간이 올 때까지도 내내 마음이 무겁고 불안했지요. 이제라도 해 볼까 싶어 수학책을 펼쳤지만, 마음만 급하고 영 진도가 나가지 않았어요. 수학 시간이 가까워질수록 혜지는 초조해졌어요.

　'어제 텔레비전 보지 말고 그냥 숙제할걸…….'

　혜지의 머릿속은 후회로 가득 찼어요.

드디어 수학 시간이 되었고, 선생님이 돌아다니시며 숙제를 검사하기 시작했어요. 친구들 모두 숙제를 성실히 해 와서 선생님께 칭찬을 받았지요. 드디어 선생님께서 혜지의 자리까지 오셨어요.

"혜지야, 왜 다음 페이지부터는 답이 적혀 있지 않은 거니?"

혜지는 고개를 푹 숙인 채 아무 대답도 할 수 없었어요.

"수학 숙제를 다 하지 않았니?"

"네……."

선생님께 혼이 날까 봐 혜지는 잔뜩 겁을 먹었어요. 혼자만 숙제를 안 했다는 사실이 창피하기도 했지요.

"혜지는 수업 끝날 때까지 교실 뒤에 서서 수업을 들으렴."

혜지는 터덜터덜 뒤로 나가 선 채로 수업을 들었어요. 수업이 끝나자 선생님께서 혜지의 곁으로 와 조용히 말씀하셨어요.

"반에서 혜지 혼자 수학 숙제를 하지 않았더구나. 혹시 어제 무슨 일이라도 있었니?"

"아니요."

"다음부터는 꼭 숙제를 해 오도록 하자."

혜지는 한숨을 푹 쉬었어요. 수학 시간이 지났어도 혜지의 걱정은 끝나지 않았지요. 수학 숙제 때문에 딴청을 부리다 영어 숙제도 하지 못했거든요. 영어 시간에도 혼이 날 것이 뻔했지요.

영어 수업이 시작되었고, 곧장 숙제 검사가 이루어졌어요. 아니나 다를까 이번에도 혜지는 선생님께 꾸중을 들었어요. 혜지는 속이 상하고 창피해서 견딜 수가 없었어요.

간신히 하루의 수업을 모두 마친 혜지는 수학 학원으로 향했습니다. 학원에서도 혜지는 마음이 편하지 않았어요. 수학 쪽지 시험을 보는 날이었거든요. 학교 숙제도 하지 않은 혜지가 쪽지 시험 공부를 하지 않은 건 당연한 일이었지요.

예상대로 혜지는 학원에서 본 수학 시험도 망치고 말았어요.

혜지의 오늘 하루가 어땠나요?

정말 엉망이었지요? 하지만 이런 일은

혜지에게 그리 특별한 일이 아니었어요. 혜지

는 어제뿐 아니라 늘 핑계를 대며 숙제나 공부를 하지 않았거든요.

이러한 일이 반복되자 혜지는 가장 싫어하는 수학뿐 아니라 다른 과목까지 차츰 성적이 떨어지기 시작했어요. 엄마는 혜지가 학원도 열심히 다니는데 성적이 오히려 떨어지자 걱정이 태산이셨어요.

과연 혜지에게는 어떤 문제가 있는 걸까요?

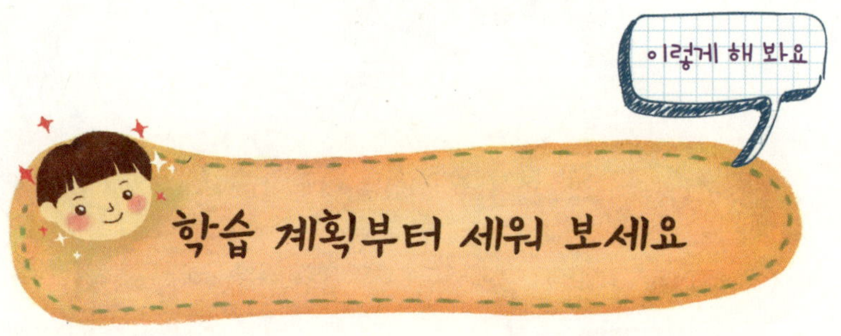

공부를 잘하려면 어떻게 공부할지 계획부터 세워야 해요. 특히 수학은 계획을 잘 세워 공부하는 것이 좋아요. 무조건 제일 앞장부터 읽고 외워 나가는 방법보다는 꼼꼼히 계획을 세우고 공부하는 전략이 필요하지요. 계획적으로 수학 공부를 하려면 어떻게 해야 할까요?

 ## 공부할 수 있는 시간을 파악해 보세요

아침에 일어나서 등교하기 전까지의 시간, 자습 시간, 쉬는 시간, 점심시간, 하교 후 또는 자율 학습 시간 등 공부할 수 있는 시간이 얼마나 있는지 먼저 계산해야 합니다. 공부를 하고 싶어도 시간이 부족하다고 느낀 친구가 있다면 이런 자투리 시간을 모아 보세요. 의외로 많은 시간이 우리 생활 곳곳에 숨어 있답니다.

 ## 자신의 학습 능력을 파악해 보세요

아침 자습 시간에는 예습, 쉬는 시간에는 수학 문제 풀이, 점심시간에는 오전 수업 복습과 영어 단어 외우기, 자율 학습 시간에는 오후 수업 복습과 전략 과목 공부……. 어떤가요? 조금 산만해 보일지 모르지만, 주어진 시간의 정도에 따라 그에 맞는 공부를 하는 것이 훨씬 효과적입니다.

이렇게 전략적으로 공부를 하려면 무엇보다 자신의 학습 능력이 어느 정도인지 미리 파악하는 작업이 필요해요. 10분 동안 수학 문제 몇 개를 풀 수 있는지, 영어 단어 30개를 외우는 데 얼마만큼의 시간이 걸리는지 등 정확하지는 않더라도 어느 정도는 알고 있어야 효율적인 계획을 세울 수 있어요. 자신의 학습 능력을 모르는 상태에서 계획을 세웠다가 실천하지 못하면 자신에 대해 실망만 하게 되고, 이러한 실망이 반복되면 계획을 세우는 것마저 포기하게 됩니다. 그러니 자신의 능력을 먼저 파악한 후, 그에 맞는 계획을 세우면 실천 가능성이 높아지지요.

 ## 우선순위를 정해서 공부하세요

친구들이 가장 많이 실수하는 행동 중 하나가 '먼저 놀고 공부를 한다.'는 것입니다. 하지만 막상 신 나게 놀다 보면 시간이 빠르게 흐르고, 공부를 하려고 자리에 앉아도 좀처럼 집중이 되지 않을 거예요. 놀고 난 후의 피곤함 그리고 빨리 공부하고 잠을 자야 한다는 초조함 때문에 대충 목표량을 채우는 데 급급하거나 아예 포기해 버리게 되지요.

하지만 오늘 해야 할 공부는 반드시 오늘 안에 해결해야 합니다. 그러기 위해서는 '놀고 나서 공부를 할 때'가 집중력이 좋은지, '공부하고 나서 놀 때'가 집중력이 좋은지를 생각해 보세요. 물론 사람의 성향에 따라서 먼저 논 뒤에 공부하는 것이 나은 친구들도 있을 테니 자신을 한번 파악해 보세요.

 ## 구체적인 계획을 세우세요

공부를 잘하는 학생의 계획표와 잘하지 못하는 학생의 계획표에서 볼 수 있는 가장 큰 차이점은 '계획의 구체성'이에요. '7시~8시: 수학 공부'라고 작성된 계획표와 '7시~8시: 수학(교과서 23쪽~36쪽까지 읽고 내용 정리, 문제 26문항 풀기)'라고 작성된 계획표 중 어떤 것이 더 잘 지켜질까요?

당연히 구체적인 두 번째 계획표의 실천 의지가 더 높습니다. 구체적인 목표가 설정되어 있기 때문에 의욕이나 성취도 역시 높아지거든요. 학습 계획을 세울 때는 얼마만큼의 시간 동안, 얼마만큼을 공부해야 하는지 미리 확인한 후 그에 맞게 구체적인 계획을 세워 보세요. 적은 시간으로도 효율적인 공부를 할 수 있을 거예요.

중학교 1학년이 된 현진이에게 고민이 하나 생겼어요. 또래 친구들보다 수학 성적이 많이 뒤떨어진 거예요. 초등학교 때부터 현진이는 수학에 자신이 없었어요. 중학교에 들어가면서 마음을 새로 다잡고 공부하면 성적이 올라갈 거라 생각했지만 성적은 그리 쉽게 오르지 않았어요. 그래서 현진이는 대학생 언니에게 과외를 받기 시작했어요.

"현진아, 이번 성적도 오르지 않았구나. 어떤 단원이 가장 어렵니?”

“그냥 다 어려운데…….”

“현진아, 이 문제는 어때? 제대로 이해했니?”

“잘 모르겠어요.”

수학에 자신감이 떨어지자 현진이의 성격도 소극적으로 변하고 말
았어요. 이 사실을 눈치챈 엄마는 과외 선생님과 상담을 했어요.

“사실 현진이가 수업할 때도 적극적이지 않아요. 그래서 수업하기
가 무척 어려워요.”

“그렇군요. 초등학교 때는 안 그랬는데 중학교에 가서부터 수학 공
부에 더 자신감을 잃고 성격도 소극적으로 변하더라고요.”

엄마는 한숨을 쉬며 과외 선생님과 진지하게 이야기를 나눴어요.

“모르면 구체적으로 질문을 하면서 알아 가면 되는데, 현진이는 대
답도 잘 하지 않고 그냥 다 모르겠다고만 해서 제가 어떻게 수업을
진행해야 할지 모르겠어요.”

“일단 선생님이 차근차근 잘 알려 주세요. 부탁드립니다.”

“네, 그래야죠. 현진이는 기초가 부족한 것 같은데……. 어머니도

너무 조급하게 현진이에게 수학 성적으로 부담을 주지는 마세요.”

과외 선생님이 돌아간 뒤 현진이 엄마는 어떻게 하면 현진이의 수학 성적을 올릴 수 있을지 고민하기 시작했어요.

“현진아, 과외 수업이 재미없니? 대신 수학 학원을 다녀 볼래? 아니면 다른 과외 선생님한데 수업을 받아 보는 건 어떨까?”

“휴……. 저는 잘 모르겠어요.”

현진이는 한숨만 쉬었고, 엄마는 그런 현진이를 보며 애가 탔어요.

결국 주위를 수소문해 실력이 좋다고 인정받은 새로운 과외 선생님을 모시고 수업을 하게 되었어요.

“현진아, 이 문제는 이런 방식으로 풀면 돼. 초등학교 때도 배웠을 거야. 한번 풀어 볼래?”

하지만 선생님이 바뀌어도 현진이의 태도는 달라지지 않았어요. 여전히 의욕 없이 건성으로 수학 문제를 풀었어요.

“현진아, 졸리니? 자세를 똑바로 하고 문제를 풀어 보자.”

“현진아, 이 문제는 이렇게 푼다고 아까 설명했잖니.”

현진이를 향한 선생님의 잔소리는 하나둘 늘어나기 시작했어요.

기초부터 하면
잘할 수 있어!
음……
여기가 문제군……

"그게 아니야. 다시 해 보렴."

"이 문제는 이렇게 다시 풀어 보자."

과외 수업이 끝나면 현진이는 그날 배운 문제를 공책에 정리해 다시 한 번 풀어야 했어요. 그뿐만이 아니라 초등학교 때 배운 공식을 다시 정리해야 했지요. 과외 선생님이 숙제를 내 주셨거든요. 현진이는 책상 앞에 앉았지만 연필을 잡고 싶지가 않았어요.

'예전 선생님은 그냥 넘어갔는데, 이번 선생님은 왜 계속 같은 문제를 다시 풀어 보라고 하는 걸까? 한 번 풀어 본 거니까 그냥 넘어가면 될 텐데. 아, 귀찮아…….'

현진이는 한 번 풀어 본 문제는 더 이상 풀고 싶지 않았어요. 이미 배웠으니 시간 낭비라고만 생각했지요.

새로운 과외 선생님은 왜 자꾸 현진이에게 똑같은 문제를 여러 번 풀어 보라고 하시는 걸까요? 그리고 지금보다 어렸을 때 배운 수학 공식을 왜 지금 와서 다시 떠올려야 하는 걸까요?

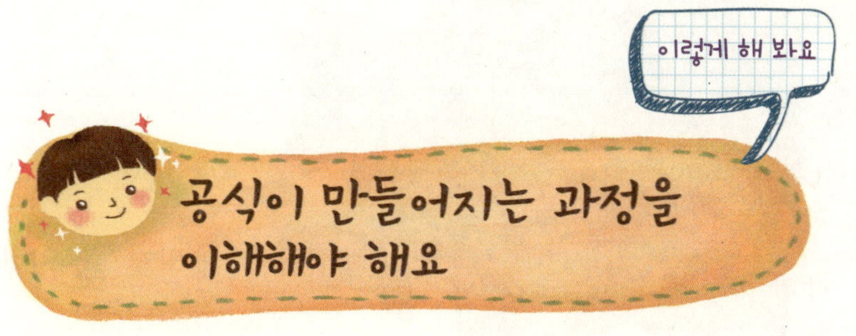

현진이는 과외 선생님 때문에 성적이 안 오른 게 아니에요. 현진이의 문제는 기초부터 제대로, 차근차근 다지지 못한 것에 있었어요.

막상 수학 공부를 하려고 하면 공식이 많아 무엇부터 공부해야 할지 난감한 적이 있었을 거예요. 수학 문제를 푸는 것도 중요하지만 학년별로 꼭 외워야 하는 공식을 제대로 알고 있는 것도 무척 중요해요. 초등학교 때 배운 수학 공식이 중학교·고등학교에 가서도 사용되는데, 그 당시에 기본적인 개념들을 제대로 익히지 못하고 훌쩍 건너뛰면 수학이 더욱 어려워지거든요. 그렇기 때문에 여러분이 지금 배우고 있는 초등학교 수학이 굉장히 중요한 것이죠.

학년이 올라갈수록 공식은 더 어려워지고 이해가 안 되는 부분도 생겨요. 이 공식을 그저 외우기만 하고 넘어가서는 안 됩니다. 공식을 문제에 대입해 응용해서 풀 줄도 알아야 하죠.

수학 공식을 재미있고 쉽게 외우고 이해하는 방법은 없을까요? 어떻

게 하면 외운 것을
제대로 응용할 수
있을까요?
초등학교 2학년
이 되면 배우는
수학 공식 중
하나로 '1미터

(m)=100센티미터(cm)'가 있어요. 자를 하나 준비해 눈금을 살펴보고 1센티미터가 얼마큼인지 직접 확인해 보세요. 그 눈금이 100개 모이면 100센티미터, 즉 1미터가 되는 거예요. 120센티미터는 어떤가요? 100센티미터와 20센티미터가 합쳐져 있으니 1미터 20센티미터라고 할 수 있겠네요. 눈금을 보고 직접 길이를 확인했으니 기억하기 쉽겠지요?

이 공식은 초등학교 2학년 때만 배우고 넘어가는 것이 아니에요. 3학년이 되면 '밀리미터(mm)'라는 단위가 등장합니다. 자를 살펴보면 센티미터보다 더 잘게 쪼개진 눈금이 있을 거예요. 그 작은 한 칸이 바로 1밀리미터입니다. 1센티미터가 몇 개의 눈금으로 나누어져 있는지 자를 보며 확인해 보세요. 10칸으로 나누어져 있지요? 그러니 10밀리미터는 1센티미터라는 공식이 증명되는 셈이에요. 나아가 1,000미터는 1킬로미터(km)라는 것도 배우게 됩니다.

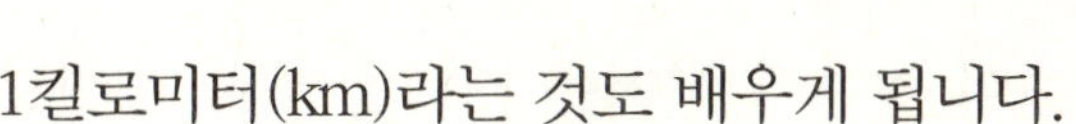

만약 2학년 때 센티미터와 미터의 관계를 제대로 이해하지 못했다면 3학년 때도 수학 공부가 쉽지 않았을 거예요.

공식과 개념을 제대로 이해했다면, 이제 잊지 않고 외우는 것이 중요해요. 잘 기억하기 위해 따로 공책을 마련해 기록하는 방법도 좋아요. 알게 된 공식과 개념, 설명을 옆에 적어 두고 시간이 날 때마다 반복해서 보도록 하세요. 다 외웠다는 생각이 들면 손으로 답을 가리고 스스로 풀어 보기도 하고, 친구들과 문제를 내 가며 함께 공유하는 방법도 효과적이지요. 학년별로 배우는 공식을 따로 모아 공부하는 것도 좋은 방법이에요. 다 외운 공식은 연한 색연필로 밑줄을 그어 보세요. 하나씩 지워 가는 재미에 신 나게 공부할 수 있을 거예요.

이런 방법으로 공부하면 어느새 초등학교 때 배우는 공식이 척척 쌓일 거예요. 만약 지금 배우고 있는 수학이 어렵다면 지금보다 난이도가 쉬운 수학을 먼저 공부해 보세요. 난이도가 쉬운 문제로 기초를 탄탄하게 다지면 나중에 학년이 높아져 어려운 개념을 배울 때에도 쉽게 포기하지 않는 어린이가 될 수 있을 거예요.

"지환아, 너 몇 점 맞았어?"

수학 시험 채점이 끝나자 여기저기서 지환이의 시험 점수를 묻는 친구들이 모여들었어요. 하지만 경훈이만은 멀리서 그런 지환이를 바라보기만 했어요. 수학만큼은 반에서 매번 1등을 놓치지 않는 지환이가 얄밉고 질투 났거든요.

"아, 나 만점 맞았어. 하하. 쉬는 시간에 본 문제가 나와서 다행히 잘 풀었네."

"와, 역시 지환이구나!"

다들 수학을 잘하는 지환이를 부러워했어요. 사실 경훈이도 수학 성적이 나쁘진 않았어요. 하지만 시험을 볼 때마다 한두 문제씩 놓치는 바람에 백 점을 맞는 지환이에게는 늘 뒤처지곤 했지요. 경훈이는 다음 수학 시험에서는 꼭 지환이를 이기겠다고 결심하고 집으로 돌아가자마자 수학책을 폈어요. 하지만 막상 수학 공부를 하려니 친구들에게 둘러싸인 지환이의 모습이 계속 눈앞에서 아른거렸지요.

'지환이는 어떻게 실수도 한 번 하지 않는 걸까? 지환이가 실수만 하면 내가 1등할 수 있을 텐데…….'

경훈이는 어떻게든 지환이를 이기고 싶은 마음에 열심히 수학 공부를 했어요.

이튿날, 담임 선생님께서 조회 시간에 수학 경시대회에 대한 안내를 해 주셨어요.

"이번 수학 경시대회에 참여하고 싶은 친구 있나요?"

"선생님, 저 참여하고 싶어요!"

누군가 손을 들고 큰 목소리로 말했어요. 바로 지환이였지요. 이 모습을 본 경훈이는 충동적으로 손을 들었어요.

"선생님, 저도요! 저도 나가고 싶어요."

"그래, 그럼 지환이랑 경훈이가 우리 반 대표로 경시대회에 참가하도록 하자. 그럼 오늘 하루도 열심히 수업 들으렴."

조회 시간이 끝나자 지환이 곁에 친구들이 우르르 몰려들었어요.

"지환아, 나 이 문제 좀 알려 줘. 이따 수학 시간에 문제 풀어야 하는데 잘 모르겠어."

"그런데 지환아, 너 벌써 중학교 문제까지 풀고 있어?"

"그러게. 수학 경시대회에서도 네가 1등하겠다!"

"너 1등하라고 나도 응원할게!"

친구들의 응원에 지환이는 힘이 난 듯 고개를 끄덕였어요.

"얘들아, 응원해 줘서 정말 고마워. 열심히 해 볼게."

그런 지환이를 짝꿍 형돈이는 이해가 되지 않는다는 표정으로 물었어요.

"지환아, 그런데 너는 수학이 재미있어? 네가 수학을 지루해하거나 어려워하는 걸 한 번도 못 본 것 같아. 머리가 좋아서 그런가?"

그러자 지환이가 고개를 저으며 대답했어요.

"아니, 난 똑똑하진 않아. 다른 과목은 잘 못하잖아. 그런데 수학은 문제를 풀면서 답을 구하는 게 재미있어. 정답이 딱 나오면 성취감도 생기고. 그래서 수학 공부를 더 하게 됐고, 하다 보니까 성적이 오르더라고."

친구들은 한결같이 놀랍다는 반응이었어요.

"수학이 재미있다는 애는 처음 봐. 너 진짜 신기하다."

"아무튼 이번 수학 경시대회에서 꼭 1등해!"

이 광경을 지켜본 경훈이는 기분이 상했어요. 자신도 수학 경시대회에 나가는데 아무도 격려해 주지 않았거든요. 경훈이는 이게 다 자신이 수학 시험에서 백 점을 받지 못했기 때문이라고 생각했어요.

'이번 대회에서는 꼭 내가 1등할 거야.'

경훈이는 방과 후, 집으로 가는 길에 근처 서점에 들러 수학 경시대회 문제집을 골랐어요.

"아주머니, 가장 잘 나가는 수학 문제집이 어떤 거예요?"

"이 책이 가장 잘 나간단다. 수학을 잘하는 모양이구나?"

“아니에요, 하하.”

경훈이는 서점 아주머니의 칭찬에 기분이 좋아졌어요. 그때 서점 문이 열리며 낯익은 친구가 들어왔어요. 바로 지환이였어요.

“어? 경훈아, 안녕.”

“어……. 안녕.”

지환이는 반갑게 인사하는데 경훈이는 오늘도 지환이 주변에만 잔뜩 몰려 있던 친구들을 생각하며 떨떠름하게 인사했어요.

“경훈아, 너도 수학 경시대회 문제집 사러 왔구나? 너도 경시대회에 나간다고 할 줄은 몰랐어.”

“왜? 내가 경시대회 나간다니까 우습니? 이번 대회에서는 꼭 잘할 거니까 무시하지 마.”

지환이는 그저 말을 건넨 것뿐이었는데 경훈이는 괜히 자격지심이 들어 지환이에게 매몰찬 말을 던지고 서점을 나와 버렸어요. 집으로 가는 동안 지환이에게 너무 심하게 굴었나 하는 생각이 들어 잠시 미안하기도 했지만, 곧 도리질을 하며 집으로 향했어요.

드디어 수학 경시대회가 열리는 날이 되었어요. 경훈이의 머릿속

에는 온통 1등을 해야 한다는 생각으로만 가득 차 있었고, 그것 때문
인지 긴장해서 몸이 떨리기 시작했어요. 시험장으로 들어온 경훈이
는 초조한 표정으로 자리에 앉았어요. 바로 앞자리에는 지환이가 앉
았지요. 지환이는 떨리지도 않는지 싱글벙글 웃고 있었어요. 경훈이
는 그렇게 마음 편히 앉아 있는 지환이가 참 신기했어요.

'지환이는 정말 수학이 재미있는 건가?'

드디어 시험이 시작되었고, 모두 같은 마음으로 시험 문제를 풀기 시작했어요. 경훈이는 첫 문제부터 막히기 시작했어요. 너무 긴장해서인지 손에 땀이 흥건할 정도였지요. 처음 문제가 막히자 다음 문제도 쉽게 풀리지 않았어요.

'어떡하면 좋지?'

한숨을 푹 쉬고 무심코 앞을 보니 지환이는 벌써 문제를 다 풀고 검산을 하는 모습이 보였어요. 경훈이의 마음은 급하기만 했어요. 하지만 마음과 달리 계산이 쉽게 풀리지 않았지요. 그렇게 우여곡절 끝에 수학 경시대회는 끝이 났어요.

며칠이 지나고 수학 경시대회 발표일이 되었어요. 모두가 최선을 다했지만 만점자는 한 명밖에 없었어요. 역시 지환이였지요. 경훈이도 3개밖에 틀리지 않아 상을 받았어요. 하지만 지환이가 또 1등을 했고, 지환이에게 또 졌다는 사실을 경훈이는 믿고 싶지 않았어요.

계속 만족할 만한 점수를 받지 못한 경훈이는 지환이만의 수학 공부법이 있을 거란 생각이 들었어요. 그래서 수업이 끝나고 가방을 챙기는 지환이에게 용기를 내어 물어보았지요.

"지환아, 이번에 수학 경시대회 1등했던데……. 축하해. 근데 너는 수학을 어떻게 공부하니? 어떻게 하길래 매번 그렇게 좋은 성적이 나오는 거야?"

"사실 나는 1등하려고 공부하지 않아. 재미있어서 하는 거야."

지환이는 웃으면서 말을 이었어요.

"사실 나도 3학년 때는 수학을 진짜 못했어. 학원에 다니면서 공부를 해도 성적이 오르지 않아 아예 수학을 포기할 생각도 했거든. 그런데 어느 날 답지도 안 봤는데, 풀이 과정이랑 답까지 내가 다 맞힌 거야. 얼마나 뿌듯하던지! 난 그때부터 수학에 재미를 들인 것 같아. 처음엔 한 문제만 맞혔는데 나중엔 두 문제, 세 문제로 늘어나고, 틀리면 맞힐 때까지 이런저런 시도를 하는 것도 재미있었어."

지환이의 말을 들은 경훈이는 말없이 자신의 태도를 돌아보았어요. 그저 지환이를 이길 생각으로 공부한 경훈이는 수학에서 어떤 재미도 느끼지 못했지요. 경훈이는 그동안 자신이 지환이를 이기지 못한 이유를 조금은 알 것 같았어요.

여러분은 어떤가요? 지환이의 마음이 이해가 되나요? 모든 공부에는 목표가 있는 것이 좋아요. 목표가 뚜렷할수록 의욕이 생기니까요. 그러나 경훈이처럼 남과 자신을 비교하며 무조건 1등을 해야 한다는 생각을 가지면 열등감에 빠지기 쉬워요. 열등감에 빠지면 자신을 낮추게 돼서 오히려 제대로 능력을 발휘하지 못하는 경우가 많지요.

지환이의 수학 성적이 올랐던 이유는 바로 '재미'였어요. 과정을 통해 답을 찾고 하나씩 알아 가다 보니 금세 성적도 올랐지요. 어린이 여러분은 어떤가요? 혹시나 공부 잘하는 친구를 질투하거나 시기하며 수학을 그들을 이기려는 하나의 수단으로 여기지는 않았나요? 친구와는 사이좋게 지내고, 서로 부족한 부분을 채워가며 재미있게 공부할 수 있는 방법을 찾아보도록 하세요. 그러면 지루하던 수학이 어느 순간 친구와 함께 즐길 수 있는 재미있는 과목으로 변해 있을 거예요.

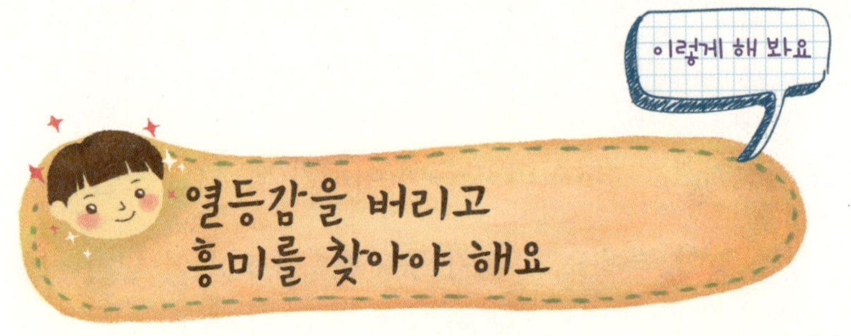

열등감을 버리고 흥미를 찾아야 해요

아는 사람은 좋아하는 사람만 못하고, 좋아하는 사람은 즐기는 사람만 못하다.

이 말은 옛날 중국의 공자라는 성인께서 하신 말씀 중 하나랍니다. 수학 공부도 마찬가지예요. 수학적 지식을 그저 알기만 하는 사람은 수학을 좋아하거나 즐기는 사람을 결코 이길 수 없을 거예요. 여러분도 즐겁게 수학을 공부할 방법을 생각해 보세요.

누구나 공부를 다 잘할 수는 없어요. 그럼에도 주위에서 나와 친구를 비교하면 자신감이 떨어지고 열등감이 생기기도 하지요. 열등감은 다른 사람에 비해 자신은 뒤떨어지거나 능력이 없다고 생각하는 감정이나 의식을 말해요. 특히 자신이 없고 어려운 과목인 영어나 수학을 통해 열등감을 느끼는 친구가 많다고 해요. 친구들도 지금 수학 열등감을 가지고 있는지 한번 테스트해 볼까요?

⭐ 나와 다른 친구와의 수학 점수를 비교하고 자신을 못났다고 생각해요.

⭐ 수학 시간에 다른 사람 앞에서 말하거나 나가서 발표하는 것을 꺼리고 쭈뼛거리게 돼요.

⭐ 낮은 수학 성적 때문에 친구들과 놀 때 소극적이고 친구를 잘 사귀지 못해요.

⭐ 수학 문제를 풀기도 전에 '난 못해.', '또 틀릴 거야.'라는 생각이나 말을 잘해요.

⭐ 문제를 풀다가도 안 될 것 같으면 쉽게 포기해요.

아마 다섯 문항 중 한두 개씩은 모두 해당될 거예요. 경험한 문항이 많을수록 열등감이 많은 친구랍니다. 하지만 자신이 열등감을 가지고 있다고 너무 속상해할 필요 없어요. 적당한 열등감은 나를 발전하게 만드는 큰 힘을 주니까요.

하지만 지나치게 열등감을 많이 가지고 있으면 정신적으로나 육체

적으로도 좋지 않아요. 어린이 여러분이 수학에 대한 열등감을 극복

할 수 있는 방법에는 어떤 것이 있을까요?

먼저 수학 문제를 풀다가 우울하거나 화가 나고 상처를 받는 등 감

정에 변화가 생긴다면 천천히 생각을 다시 한 번 해 보세요. 그리고

열등감의 원인이 된 부족한 면을 받아들이고 조금 쉬어 가는 시간을

가지세요. 받아들이기 어렵다면 단점 하나에 나의 장점 하나를 연결

해 긍정적으로 생각해 보는 것도 좋은 방법이에요. 마지막으로 나의

열등감을 솔직하게 고백해 보세요. 친한 친구도 좋고, 선생님이나 주

위 어른 순으로 털어놓으면 마음이 편안해질 거예요.

이러한 방법을 통해 여러분은 열등감을 극복할 수 있어요. 이제는

열등감으로 고통받지 말고, 오히려 부족함을 개선하는 도구로 이용

해 자신감을 키워 보세요.

수학을 잘하는 친구들은 수학처럼 답이 명료하고, 점수를 얻기 쉬운 과목도 없다고 합니다. 이런 친구들에게는 암기한 문제를 응용할 능력이 있는 것이지요. 수학을 잘하려면 공식뿐 아니라 기본적인 문제 유형도 암기해야 해요. 암기하다 보면 자연스럽게 원리를 이해하고 깨우치는 경우도 많답니다. 그러기 위해서는 암기를 통해 개념을 이해하고, 다양한 응용 문제를 많이 풀어보는 노력을 해야겠지요.

그럼, 연희의 이야기를 들으며 암기의 중요성을 한번 알아볼까요?

연희는 이제 구구단을 막 외우기 시작했어요.

"2 곱하기 1은 2, 2 곱하기 2는 4."

어린 연희에게 구구단을 외운다는 것은 여간 힘든 일이 아니었어요. 엄마는 자꾸 연희에게 구구단 문제를 내셨지만 연희는 아직도 알쏭달쏭하기만 했지요.

"연희야, 2 곱하기 6은 뭐라고 했지?"

"어, 그게……. 기억이 안나요."

연희는 손가락을 접으며 2와 6을 곱하다가 고개를 절레절레 흔들며 말했어요.

연희의 책상 앞에는 1단부터 9단까지의 구구단 암기표와 다양한 수학 공식이 적혀 있었어요. 초등학교 1학년이 되면서 외워야 할 공식이 많아지자 스트레스를 받기도 했지만, 연희는 열심히 구구단을 외웠어요. 가장 쉬운 2단을 먼저 외우고, 3단도 외우기 시작했지요. 구구단을 외우고 나니 수학 공부가 조금은 쉬워졌어요.

오늘은 연희네 집으로 할아버지, 할머니가 오시는 날이에요. 연희는 가장 좋아하는 옷을 예쁘게 차려 입고 손님 맞을 준비를 했어요.

2×5=10

엄마도 식탁 가득 맛있는 음식을 차리느라 분주하셨지요. 바쁜 엄마를 위해 연희는 상 차리는 일을 돕기로 했어요.

"엄마, 제가 도와 드릴게요."

"그래 주겠니? 고맙구나. 그럼 숟가락이랑 젓가락 좀 꺼내서 사람 수만큼 상에 놔 줄래?"

"네, 엄마."

연희는 젓가락을 꺼내며 중얼거렸어요.

"젓가락은 한 사람이 2개씩 쓰니까 우리 가족 수에 2를 곱하면 되겠다. 할아버지, 할머니, 엄마, 아빠, 나까지 5명이니까. 2 곱하기 5는 10! 젓가락은 10개를 꺼내면 되겠어."

연희가 젓가락을 꺼내며 사람 수에 맞게 곱셈을 하자 엄마는 기특하다는 듯 연희를 칭찬하셨어요.

"구구단을 외우더니 우리 연희가 이젠 곱셈도 잘하네."

"정말 구구단을 외우니까 계산이 훨씬 빨라졌어요! 금방 숟가락도 놓을게요!"

연희는 수저통에서 숟가락을 꺼내 상 위에 놓기 시작했고, 엄마는 그런 연희를 보며 빙긋 웃으셨어요.

　여러분은 구구단을 다 외우고 있나요? 요즘 학생들은 9단을 넘어 19단까지 외우기도 해요. 구구단을 통해 곱셈의 개념과 원리를 이해하면 이것이 수학의 바탕이 된답니다. 구구단은 한번 외워 두면 여기저기 응용할 데가 많으니 꼭 기억하도록 하세요.

　그런데 사실 수학 공부는 무조건 외운다고 다 되는 것이 아니에요. 단순 암기법으로 외운 구구단이나 공식은 수학 문제를 쉽고 편리하게 풀기 위한 도구일 뿐이고, 진짜 수학 공부에 필요한 것은 바로 응용력이랍니다.

　새로운 문제를 만났을 때, 과거에 외워 둔 공식이나 문제 유형을 상황에 맞게 활용할 줄 아는 기술이 바로 수학적 응용력이에요. 머릿속에 있는 재료들을 그때그때 잘 꺼내 요리하는 능력이지요. 수학적 응용력을 키우기 위해서는 무작정 외우는 것이 도움이 되지 않아요.

　지은이의 사례를 잠깐 살펴볼까요?

"지은아, 밥 벌써 다 먹었니? 조금 더 먹지."

"다 먹었어요, 엄마. 저 내일 수학 시험이 있어서 빨리 공부하려고
요. 잘 먹었습니다."

수학 시험 공부를 해야 한다는 생각에 마음이 조급해진 지은이는
평소보다 밥을 조금만 믹고 빙으로 들어갔어요. 책상 앞에 앉은 지온
이는 수학 교과서 대신 문제집을 펼쳤어요.

'여기서 시험 문제가 나온다고 했지?'

지은이는 수학 문제집에서 문제를 내겠다고 하신 선생님의 말씀을
떠올리며 친구에게 문자 메시지를 보냈어요.

[유라야, 수학 시험 공부하고 있어? 내일 '말뜻을 알면 개념이
쏙쏙 잡히는 수학'에서 문제 다 나온다고 했지?]

그러자 유라에게 바로 답장이 왔어요.

[응, 맞아! 거기서 다 나온대. 공부하는 중이야?]

[응, 그냥 문제랑 답만 외우려고. 숫자까지 다 똑같이 나오는
거 맞겠지?]

지은이는 연습장을 꺼내 시험 문제와 답을 무작정 외우기 시작했

어요.

　이튿날, 지은이는 수학 시험을 제대로 치를 수 있었을까요? 아니에요. 수학 선생님께서 수학 문제는 그대로 내셨지만, 숫자를 조금씩 바꾸셨거든요. 그것도 모르고 문제와 답만 외우던 지은이는 결국 수학 시험에서 한 문제도 맞히지 못했답니다.

　오로지 문제와 답만을 달달 외워 답안지를 채운 지은이는 수학을 제대로 공부했다고 할 수 없어요. 이해하지 못하고 그저 외우기만 하는 바람에 같은 유형의 문제가 조금 변형되어 나와도 풀 수 없었지요.

　수학의 정해진 공식은 암기해야 하지만, 문제와 답을 외우는 것은 아무런 의미가 없어요. 현명한 어린이라면 잘못된 방법으로 공부하기보다 올바른 방법을 찾아서 공부하기로 해요.

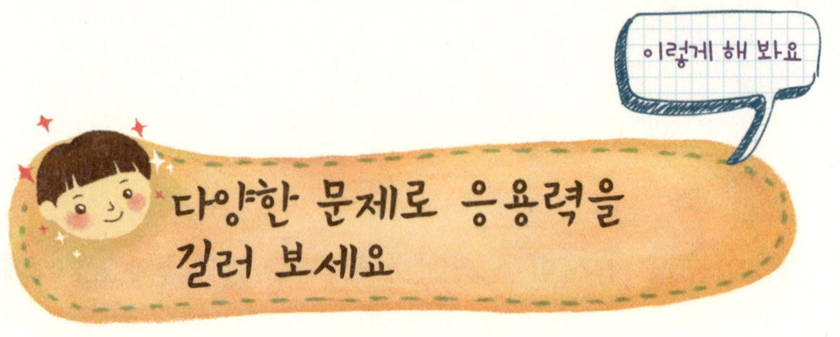

다양한 문제로 응용력을 길러 보세요

여러분은 수학 공부를 어떻게 하고 있나요? 다른 과목들은 그 내용을 외우는 것만으로도 많은 도움이 되지만, 수학은 달라요. 기본 공식은 외우되 그 공식을 어떻게 응용하냐에 따라 판도가 달라지지요.

그렇다면 어떻게 수학을 공부하는 것이 가장 좋은 방법일까요? 공식은 미리 외우고, 다양한 문제를 풀어 보며 공식 속에 들어있는 수학적 개념을 이해하고 응용력을 기르는 거예요. 수학은 개념을 이해하고 응용력을 길러 그때그때 다른 유형의 문제를 해결해 나가는 게 아주 중요하거든요.

아마 대부분의 친구가 교과서 외에 문제집을 여러 권 풀고 있을 거예요. 그런데 막상 문제집을 사려고 서점에 가면 너무 많은 문제집 중에 어떤 것을 골라야 할지 고민이 될 때가 많아요. 대체 어떤 문제집을 풀어야 나에게 도움이 될까요? 문제집 디자인이 예쁘다고 그 문제집을 사는 친구는 아마 없을 거예요. 물론 내가 풀어야 할 문

제집의 디자인이 예쁘면 좋지만, 무엇보다도 내 수준에 맞는 문제집

인지가 가장 중요하지요.

어떤 문제집은 수준이 높고, 어떤 것은 낮을 거예요. 기출 문제만을

모아 둔 것도 있고, 유형별 문제를 모아 둔 문제집도 있겠지요. 이중에 나에게 가장 필요한 것을 고르는 안목이 필요해요.

먼저 자신의 실력을 스스로 파악하고 있어야 문제집의 난이도를 잘 선택할 수 있겠죠? 수학을 잘하는 친구가 쉬운 문제를 풀면 성장이 없을 거예요. 반대로 욕심을 내어 지나치게 어려운 문세집을 고르면 풀 수 있는 문제가 적어 의욕이 떨어질 수 있지요. 그래서 나에게 맞는 수준의 문제집을 고르는 것이 중요해요.

그런 다음에는 내게 어떤 학습이 더 필요한지 생각해 보도록 하세요. 기출 문제를 통해 다양한 유형을 경험하고 싶을 수도 있고, 부족한 유형의 문제만 골라서 훈련해 보고 싶을 수도 있어요. 자신의 수준과 상황에 맞는 문제집을 고르면 훨씬 효과적으로 수학을 공부할 수 있을 거예요.

어떤 친구는 여러 개의 문제집을 한꺼번에 사서 풀기도 해요. 그 많은 문제집을 다 풀 수 있다면 좋겠지만 대부분은 전부 풀지도 못하고 다음 학년으로 넘어가기도 하지요. 문제집은 여러 개를 한꺼번에 사서 푸는 것보다는 하나라도 정확히 푸는 것이 중요해요.

나에게 맞는 문제집을 고른 다음에는 어떻게 해야 할까요? 우선 수학 공책을 하나 준비해 문제를 보며 풀이와 답만 적는 형식으로 풀어 보세요. 문제를 풀 때는 페이지를 정해 두고 정해진 시간에 맞춰 목표량을 잡습니다. 문제를 빨리 푸는 것도 좋지만 문제를 성급하게 풀다 보면 쉬운 계산도 틀릴 수 있으니 천천히 차근차근 풀어 보세요.

공책에는 답뿐만 아니라 풀이 과정도 또박또박 적습니다. 다 풀었다면 답안지를 보고 확인해 보세요. 채점을 한 뒤 틀린 문제는 문제집에 체크해 두세요. 그런 뒤 이번에는 문제집에 직접 문제를 풀어 보세요. 틀린 문제에 체크해 두었으니 더 신중히 계산하는 것도 잊지 마세요.

나에게 맞는 문제집을 잘 활용하면 수학적 개념을 아는 데에도, 다양한 유형의 문제를 접해 응용력을 기르는 데에도 도움이 된다는 사실을 기억하고 열심히 공부해 보세요. 노력은 여러분을 배신하지 않는답니다.

기영이네 반에 새 친구가 전학을 왔어요. 외모가 남들과 조금 다른 친구였지요. 선생님이 새 친구를 앞으로 불러 소개하셨어요.

"자, 오늘 우리 반에 새로운 친구가 전학을 왔어요. 이름은 파르한이고, 인도에서 왔답니다. 인도에서 온 지는 얼마 되지 않았지만 우리말을 잘하니 다투지 말고 사이좋게 지내도록 해요. 파르한, 너도 친구들에게 인사 한마디 하렴."

"안녕하세요. 파르한이에요. 앞으로 친하게 지내요."

까무잡잡한 피부 때문에 파르한은 멀리서도 금세 눈에 띄었어요. 기영이네 반을 지나던 다른 반 친구들도 창문에 매달려 파르한을 보았지요. 조회 시간이 끝나고 선생님이 나가시자 아이들은 기다렸다는 듯 파르한 주위로 우르르 몰려들어 질문을 퍼붓기 시작했어요.

“너 진짜 인도에서 왔어?”

“인도에서는 매일 카레만 먹어?”

“우리말은 어디서 배웠어?”

쏟아지는 질문 공세에 파르한은 당황해하며 말했어요.

“나는 인도에서 왔고, 한국말은 예전에 이웃에 살던 한국인 가족한테 배웠어.”

“아, 그렇구나. 지금은 어디 살아?”

“컴퓨터 게임 잘하니?”

쉬는 시간 내내 파르한은 아이들에게 많은 질문을 받았어요. 자신을 신기해하는 아이들을 보며 파르한도 신기하기는 마찬가지였지요.

수업 종이 울리고, 선생님이 교실에 들어온 뒤에야 아이들은 모두 자리로 돌아가 앉았어요.

“파르한, 수학 시간이야. 수학 알지?”

오늘부터 파르한의 짝꿍이 된 기영이가 묻자 파르한은 웃으며 고개를 끄덕였어요.

“응, 당연히 알지.”

“교과서 56쪽을 펴 보세요.”

선생님은 칠판에 ‘97×96’이라고 적으시며 말씀하셨어요.

“자, 누가 이 문제를 한번 풀어 볼까요?”

그러자 아이들은 고개를 숙이며 조마조마한 마음으로 답을 계산하느라 바빴어요. 선생님은 그중 파르한을 보며 미소를 지으셨어요.

“오늘 전학 온 파르한이 나와서 풀어 보겠니?”

“네, 선생님.”

파르한은 큰 소리로 대답하고 칠판 앞으로 나가 문제를 풀기 시작했어요. 그런데 파르한은 아이들과 전혀 다른 신기한 방법으로 문제를 풀어 나갔지요.

“답은 9,312입니다.”

선생님은 흥미롭다는 표정으로 파르한에게 말씀하셨어요.

"정답이에요. 자, 파르한은 우리가 문제를 푸는 방법과 다른 방법
으로 문제를 풀었네요. 파르한, 친구들도 알 수 있도록 이 문제를 한
번 설명해 주렴."

파르한은 수줍은 듯 문제를 설명하기 시작했어요.

"100을 기준으로 97과 96을 빼서 3과 4를 만들어요. 이 둘을 더해
나온 7을 다시 100에서 빼면 93이 나와요. 93뒤에 3과 4를 곱해 12를

붙이면 97 곱하기 96은 9,312라는 답이 나옵니다.”

“정말 대단하구나. 자, 쉽게 설명해 준 파르한에게 다들 박수를 쳐 주세요.”

친구들은 파르한에게 박수를 쳤어요. 문제를 풀고 자리로 돌아온 파르한에게 기영이는 엄지손가락을 치켜세웠어요.

“파르한, 똑똑해!”

“고마워, 친구.”

기영이는 수학 시간이 끝나고 파르한에게 물었어요.

“파르한, 인도에서는 수학을 이렇게 풀어? 우리랑 푸는 방식이 달라서 좀 놀랐어.”

“아, 근데 아까 그 방식은 숫자가 90단위일 경우에만 가능한 거야.”

파르한의 말에 기영이가 눈을 크게 떴어요.

“그래도 진짜 신기해! 한 번도 배워 본 적 없는 방식이야.”

“인도에 사는 사람들은 다 너처럼 수학을 잘하는 거야?”

옆에서 조용히 이야기를 듣던 슬이도 호기심 가득한 얼굴로 물어보았어요.

"우리 인도 사람은 숫자와 친한 편이야. 우리가 사용하는 1, 2, 3 같은 아라비아 숫자가 원래 인도에서 발명된 거래. 그래서 인도 사람들은 산수나 대수 계산에 익숙해져 있어. 숫자의 발명 덕분이지."

"그렇구나. 텔레비전에서 보니까 인도에서는 어렸을 때부터 19단을 외운다고 하던데, 우리는 구구단도 어려워. 그걸 도대체 어떻게 외우는지 신기해."

놀란 기영이와 슬이의 질문은 쉬는 시간이 끝날 때까지 끊이지 않았답니다.

만약 여러분이 저 문제를 만났다면 어떻게 풀었을까요? 수학 문제의 답은 하나지만 풀이하는 과정은 여러 가지가 있을 수 있어요. 파르한의 방법은 지금 친구들이 학교나 학원에서 배우는 풀이 방법과 전혀 다르죠. 틀린 것이 아니라 다를 뿐이에요. 하나의 풀이 과정에만 얽매이지 말고, 파르한처럼 새로운 방식으로 문제를 풀어 보세요. 여러분이 수학을 공부하며 얻어야 할 것은 사고력과 논리적으로 문제를 접근해 보려는 태도니까요.

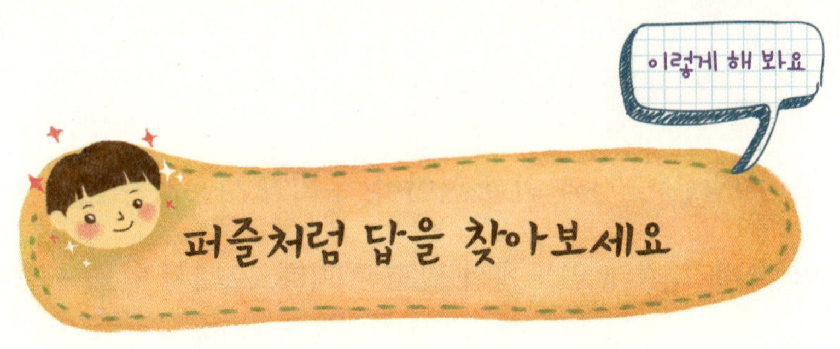

퍼즐처럼 답을 찾아보세요

여러분, 인도라는 나라를 아나요? 인도를 떠올리면 어떤 것들이 생각나나요? 맛있는 카레, 평화를 위해 싸운 간디, 근사한 타지마할 궁전 등……. 그런데 이런 것 외에도 인도에서 유명한 것이 있어요. 바로 수학이랍니다.

수학이 암기 과목이나 다름 없는 우리나라에서 인도의 수학 학습법이 알려져 화제가 된 적이 있어요. 인도의 수학은 '베다 수학'이라고 하는데, 기존의 풀이 방식을 깨는 창의적인 방식으로 답을 맞혀 나가는 퍼즐 같은 형식이에요.

인도에 사는 친구들은 구구단을 19단까지 외우고 있다고 해서 한때 우리나라에도 19단까지 외우는 것이 유행하기도 했지요. 인도 친구들은 구구단을 단순히 외우기도 하지만, 주로 손가락을 이용해 재미있게 암기하기도 해요.

인도식 손가락 구구단이 궁금하다고요? 지금부터 함께 손가락 구구단을 해 봅시다. 9단을 계산해 볼게요. 먼저 아래의 그림처럼 손가락에 차례대로 번호를 매겨 보세요.

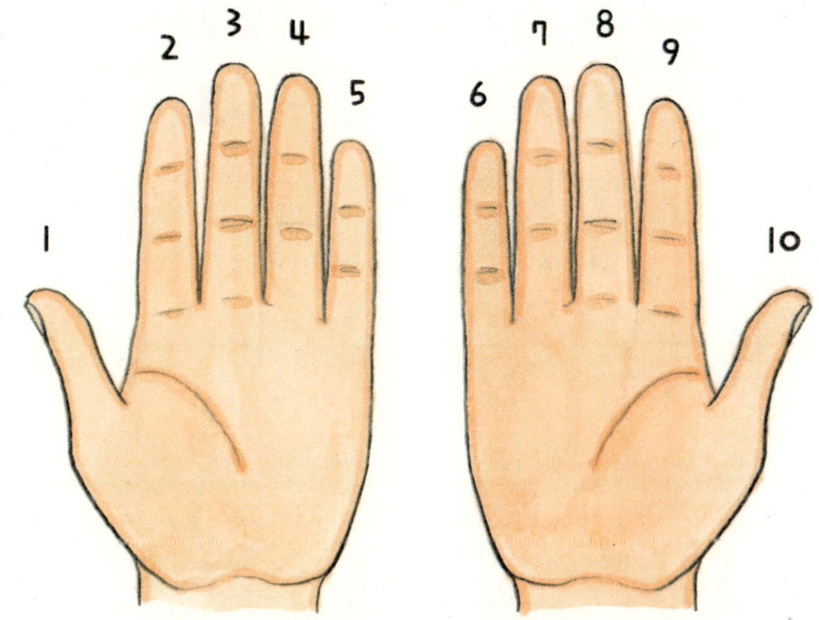

이렇게 번호를 매긴 손가락으로 '9×7'을 계산해 봅시다.

9에 곱해지는 7을 계산하기 위해 7번 손가락을 접어 보세요. 접은 손가락을 기준으로 왼쪽에는 1번부터 6번까지 총 여섯 개의 손가락이 남아 있고, 오른쪽에는 8번부터 10번까지 세 개의 손가락이 남아 있어요. 헷갈리면 다음 페이지에 나오는 그림을 보며 차근차근 이해해 보세요.

왼쪽에 남은 수가 십의 자리를, 오른쪽에 남은 수는 일의 자리를 나타냅니다. 십의 자리에 6, 일의 자리에 3을 대입하면 63이 돼요. 따라서 '9×7=63'이라는 답이 나오지요. 어때요, 정말 쉽죠?

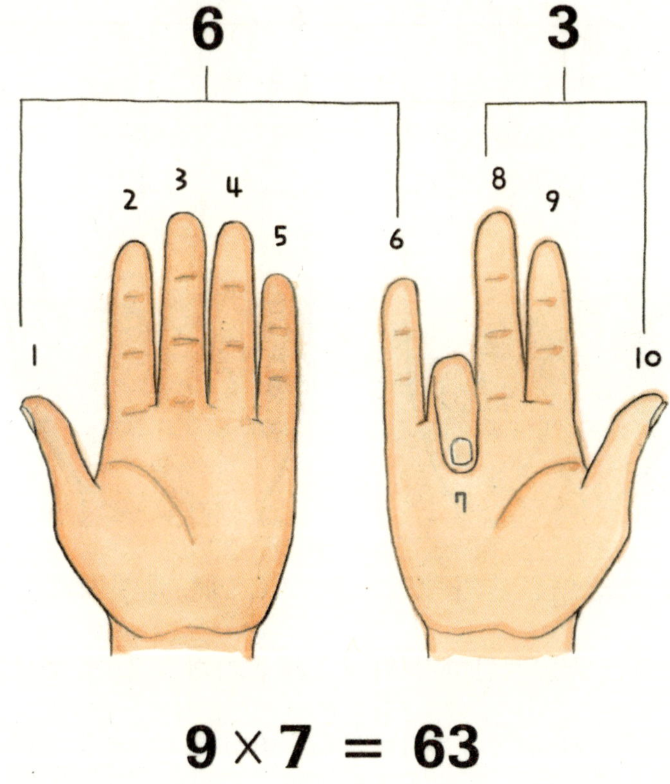

같은 방식으로 '9×1'을 계산하려면 왼손의 1번 손가락을 접게 되죠. 그럼 십의 자리는 없고, 일의 자리에는 손가락 아홉 개, 즉 9가 되니 '9×1=9'라는 답이 나와요.

‘9×2’를 하면 2번 손가락을 접고, 왼쪽에는 손가락 하나가 남으니 1, 오른쪽에는 여덟 개가 남으니 8이 되겠네요. 그러니 ‘9×2=18’이 됩니다. 이런 식으로 9단을 아주 쉽게 계산할 수 있어요.

이런 방법 외에도 수학을 푸는 방법은 아주 다양하답니다. 어때요, 신기하고 재미있지 않나요? 이처럼 다양한 방법을 익히며 수학과 더욱 친해지는 기회를 만들기 바랍니다.

수학 시험지를 채점하던 영은이는 한숨을 푹 쉬었어요.

"영은아, 이번에도 한 문제 틀린 거야?"

"응, 난 언제 백 점 맞을 수 있을까?"

"어떤 부분에서 실수했는데?"

집에 가려고 가방을 챙기던 짝꿍 혜지가 영은이에게 물었어요.

"여기 이 부분……."

“어? 너 이거 어제도 틀린 문제 아니야?”

“응, 맞아……. 왜 매번 틀리는 것만 틀리는지 나도 잘 모르겠어.”

영은이는 고개를 푹 숙였어요. 혜지는 풀이 죽은 영은이의 어깨를 다독여 주었어요.

혜지와 헤어진 영은이는 집으로 돌아왔어요. 그런데 집 안에 사람이 없는지 아무런 인기척이 나지 않았지요.

‘아무도 없나?’

영은이는 영아 언니 방을 열어 보았어요. 영아 언니는 책상에 앉아 공부를 하고 있었지요. 가까이서 보니 언니의 책상에는 오답 노트라고 쓰인 공책이 여러 권 놓여 있었어요.

“언니, 나 왔어! 집에 있는데 왜 아무 말도 안 했어? 아무도 없는 줄 알았잖아.”

“아, 영은이 왔니? 언니 지금 기말고사 기간이잖아. 공부하느라 소리를 못 들었나 봐, 미안. 너도 오늘 시험 봤지? 잘 봤어?”

영아 언니는 영은이의 표정을 살피며 살며시 물어보았어요.

“아니, 나 수학 시험 또 하나 틀렸어. 속상해…….”

“어디 봐. 어떤 문제를 틀렸는데 그러니?”

영은이는 가방에서 시험지를 꺼내 언니 책상에 올려놓았어요.

“언니, 이 문제야.”

“좀 꼬긴 했는데, 그렇게 어려운 문제는 아닌 것 같은데…….”

“이상하게 이 문제는 계속 틀리더라고.”

그러자 영아 언니가 영은이를 바라보며 물었어요.

“영은이 너, 한 번 틀린 문제는 다시 보지 않는구나? ”

영은이는 영아 언니의 질문이 이해가 되지 않았어요.

“응, 당연하지. 한 번 풀어 본 문제를 왜 다시 또 봐? 그건 시간 낭비잖아.”

“으이그, 너 이제껏 틀린 문제만 모아서 다시 풀어 보라고 하면 아마 하나도 못 풀 거다.”

“에이, 그럼 언니는 시험에서 틀린 문제를 매번 정리해?”

그러자 영아 언니는 당연하다는 듯이 대답했어요.

“당연하지. 보여 줄까?”

영아 언니는 책상에 있던 과목별 오답 노트를 펼쳐 영은이에게 보여 주었어요. 문제와 풀이 과정, 틀린 이유 등이 공책을 가득 채우고 있었어요. 영아 언니의 오답 노트에는 중간고사와 기말고사 외에 쪽지 시험을 보고 틀린 문제까지 잘 정리되어 있었지요. 영은이는 눈을 크게 뜨며 물었어요.

"이런 걸 또 언제 정리했어?"

"다른 과목도 오답 노트를 쓰면 좋지만, 특히 수학은 더욱 필요해. 한 번 틀린 문제들을 잘 정리해 두었다가 시험 전날에 훑어 보면 같은 실수는 반복하지 않게 되거든. 어떻게 보면 나만의 문제집이라고 할 수도 있지."

영아 언니는 공책을 한 장씩 넘기며 오답 노트에 대해 자세히 설명해 주었어요.

"오답 노트를 만들면 틀린 문제를 정리하면서 왜 틀렸는지 한 번 더 살펴볼 수 있으니까 좋은 거야. 내가 놓친 부분이 무엇인지, 어느 부분을 더 보완해야 하는지 알 수 있어. 그러니까 이렇게 노트를 정리하고, 시험 전에 한 번 더 풀어 보는 것만으로도 다시 그 문제가 나왔을 때 맞힐 확률이 높아지는 거야."

“우아, 그렇구나! 그럼 나도 오늘부터 오답 노트 만들래.”

영아 언니는 귀엽다는 듯 영은이를 쓰다듬어 주었어요.

“그래, 다 만들면 언니한테도 꼭 보여 줘. 알겠지?”

“응! 공책부터 사러 가야겠다.”

영은이는 집 앞 문구점으로 향했어요. 문구점에는 칸이 그려진 ‘오답 노트 전용 공책’을 따로 팔고 있었지요. 영은이는 스프링으로 만

상장
최우수상
MON TUE WED THU FRI SAT
9
$\dfrac{(3x+2)^2-(x-1)^2}{A \qquad B}$ VS $\dfrac{(x-2y)^2-(4x^2)}{A \qquad B}$
들다 $A^2-B^2=(A+B)(A-B)$ 공식으로 풀어보면
$(3x+2+x-1)(3x+2-x+1)$
$=(4x+1)(2x+3)$
$(x-2y+2x)(x-2y-2x)$
$=(3x-2y)(x-2y-2x)$
$=-(3x-2y)(x+2y)$
※ 넓이가 1인 정사각형의 대각선 길이: $\sqrt2$
$=\sqrt2$
※ 넓이가 2인 정사각형의 한 변의 길이: $\sqrt2$
$\sqrt2$
$\dfrac{x y}{2}+\dfrac{x y}{2}-\dfrac{x y}{4}$
풀이) 일단 통분을 한다. Point.
$\dfrac{2xy}{4}+\dfrac{2xy}{4}-\dfrac{xy}{4}$
$\dfrac{xy}{4}(2+2y-x)$
나중에 꼭 확인하기 !!
〈2번급 이상 틀린 문제들〉
1. $\dfrac{(x-2)^2+(x+3)(x-4)}{A}=A^2+x^2-x-12=x^2-4x+4+x^2-x-12$
$=2x^2-5x-8$
2. $\dfrac{(x-2y-1)(x-2y+2)-(2y-5)(5+2y)}{A}$
$=2y+5$

들어진 그 두툼한 공책을 들어 보이며 물었어요.

"아주머니, 이 공책은 얼마예요?"

"3,000원이란다."

"오답 노트는 비싸구나. 언니는 그냥 일반 공책에 쓰던데, 나도 일반 공책에다 만들어야겠다."

영은이는 일반 공책 한 권을 집어들고 계산대로 향했어요. 그런데 누군가 알은체를 했어요. 옆 반 친구 아름이였지요.

"어, 영은아!"

"아름아, 안녕? 뭐 사러 왔어?"

"응, 샤프심 사러 왔어. 너는?"

"오답 노트 좀 만들어 보려고 공책 골랐어."

영은이가 손에 든 공책을 보여 주자 아름이가 말했어요.

"아, 나도 쓰고 있는데 그거 정리한 다음부터 성적이 많이 올랐어."

"정말이야? 나도 오늘부터 쓰면 성적이 오를까? 빨리 해야겠다!"

영은이는 벌써부터 들뜬 표정으로 발걸음을 재촉해 집으로 돌아갔답니다.

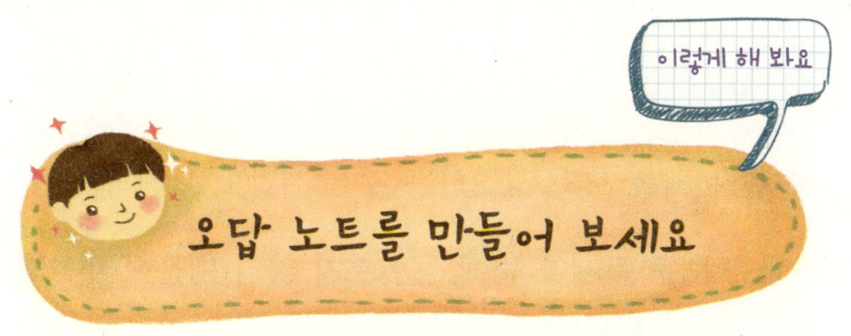

오답 노트를 만들어 보세요

여러분은 영아 언니처럼 오답 노트를 만들어 쓰고 있나요? 아니면 영은이처럼 오답 노트라는 개념조차 모르고 있었나요?

수학의 경우 대부분의 친구는 한 번 틀린 문제를 반복적으로 틀리는 경향이 있어요. 선생님과 함께 문제 풀이를 할 때는 이해가 되지만, 막상 혼자서 다시 풀려고 하면 잘 풀리지 않는 경우가 많지요. 이런 문제가 생기면 수학 성적은 언제나 제자리걸음일 거예요.

하지만 해당 문제를 완전히 이해하고 정확히 풀기만 해도 성적 향상에 큰 도움이 돼요. 그래서 오답 노트가 필요한 거예요. 오답 노트 정리를 통해 스스로 풀이하고 실수한 점을 꼼꼼하게 살펴보면 각 유형의 약점을 충분히 극복할 수 있기 때문이지요.

그러면 오답 노트를 만드는 법을 구체적으로 알아볼까요?

첫째, 오답 노트를 작성하기 전에 문제를 최소한 2~3번 반복해서 푸세요. 틀린 문제를 모두 오답 노트에 작성하는 친구도 있을 거예요. 하지만 틀린 문제를 모두 정리하는 것은 시간도 오래 걸릴 뿐만 아니라 정리해도 모든 문제가 눈에 들어오지 않기 때문에 비효율적이죠. 틀린 문제는 최소한 2~3번 반복해 풀어 본 다음, 마지막까지 막히는 문제 위주로 정리하는 것이 효율적이고 다시 보기도 편하답니다.

둘째, 오답 노트에 문제를 옮겨 적을 때는 그림도 함께 그려요. 틀린 문제를 오답 노트에 적을 때는 문제에 나와 있는 그림 및 도표도 함께 옮겨야 해요. 하지만 시간이 오래 걸릴 수도 있으니 시간을 절약하기 위해 해당 문제를 아예 오려 붙이는 것도 하나의 방법이지요.

셋째, 문제를 풀면서 틀리게 적었던 풀이 과정도 함께 적으세요. 보통 오답 노트에는 문제와 함께 선생님이 풀이해 주신 과정이나 해답지에 나와 있는 정답 풀이만 적는 경우가 많아요. 하지만 오답 노트에는 자신이 틀리게 적은 과정도 쓰는 것이 좋아요. 그래야 자신이 어느 부분을 틀렸고, 실수했는지 알아볼 수 있으니까요.

넷째, 틀린 이유를 구체적으로 적으세요. 각 문제마다 틀린 이유를 적으면 나중에 오답 노트를 볼 때 내가 어느 부분에서, 왜 틀리고 실수했는지를 파악하기 쉽기 때문에 두 번 실수하는 것을 예방할 수 있어요. 문제 풀이를 할 때 계산 실수가 많은 학생에게 유용한 방법이죠. 아는 문제지만 아쉽게 틀려 수학 점수가 떨어지지 않도록 도와줄 거예요.

어때요, 이제 오답 노트에 대해 감이 좀 잡히나요?

그런데 많은 학생이 정성스럽게 오답 노트를 작성하고도 정리만 할 뿐 제대로 활용하지 못하고 방치하는 경우가 많아요. 오답 노트는 잘 활용하면 수학 점수를 올리는 지름길이 될 수도 있답니다. 그렇다면 정리된 오답 노트를 어떻게 활용하면 좋을까요?

먼저, 틀린 문제는 시험 전까지 해당 유형의 문제를 완전히 이해할 수 있도록 반복해 풀어 보세요. 계속해서 문제를 풀면 처음에 이해가 안 되거나 어려웠던 문제도 쉽게 풀 수 있게 된답니다. 그리고 시험이 시작하기 전에 정리해 둔 오답 노트에 정리된 문제를 다시 한 번 풀어서 틀렸던 부분을 다시 틀리지 않도록 하세요. 이 정도면 제대로 활용할 수 있겠지요?

이건 어떻게 풀어요?
문제

부록

엄마 아빠가 읽어요

한국수학교육학회 고문 박규홍 교수의
〈우리 아이 자신감을 올려 주는 올바른 수학 학습법〉

1

수학이 어렵다는 생각을 갖지 않게 도와주세요

　어려서부터 수학에 흥미를 잃게 하는 원인 중 하나는 '수학은 어렵다.'는 편견입니다. 아이가 초등학교에 들어가면서부터 수학 전쟁은 이미 시작됩니다. 수학은 기초가 탄탄하지 않으면 어려운 과목이기 때문에 초등학교 저학년 때부터 기초 개념을 반복적으로 학습해야 합니다. 그 과정이 아이들에게 지루하게 느껴지고, 어렵다는 편견이 더해지면 지치게 만들지요.

　가끔 부모님께서 "수학은 어려운 과목이니 지금부터 열심히 문제를 풀어서 미리 진도를 나가야 한다."라고 하지는 않으셨나요? 수학뿐만 아니라 모든 교과 과정은 아이들의 발달 단계에 맞춰져 있습니다. 어른에게는 쉬워 보이는 문제일지라도 내 아이에게는 쉽지 않을 수 있다는 것을 먼저 이해해 주셔야 합니다. 아이가 소화하지도 못할 과도한 지식의 주입은 아이에게 수학 과식으로 인한 부작용을 가져오게 합니다.

　　부작용 중 가장 심각한 것은 아이가 수학을 어려워하고 싫어하게 되는 것이죠. 초등학교까지는 수학이 싫다고 설렁설렁 넘어갈 수 있을지 몰라도 중·고등학교에 가서는 큰 장애물이 될 수 있습니다. 결국 고등학교 때 수학을 완전히 포기하고 대입에서 불이익을 받는 상황까지 벌어지지요. 이것은 남의 이야기가 아닌, 우리 아이의 이야기가 될 수도 있습니다.

　　수학 교육 과정에서 수학 내용이 추상화되는 단계가 있습니다. 추상화 1단계는 초등학교 4~5학년에서 이루어집니다. 다음으로 중학교 2학년과 고등학교 2학년에서 2, 3단계의 추상화가 이루어지는데, 많은 학생이 이 과정에 잘 적응하지 못하고 흥미를 잃곤 합니다. 그러므로 해당 학년의 자녀를 두신 부모님께서는 자녀의 수학 공부에 좀 더 관심을 가질 필요가 있습니다.

　　초등학교 저학년에서는 수학적으로 정확하고 엄밀한 내용보다는 학생들의 발달 단계에 맞춰 변환된 형태의 학습을 하게 됩니다. 그래서 수학 개념의 본래 의미보다 좀 더 포괄적인 의미로 그 개념을 다루는 경우가 많습니다. 이를테면 초등학생의 삼각형은 중·고등학교와는 달리 세 선분으로 이루어진 도형뿐만 아니라 내부를 포함하는 것까지 허용합니다. 색종이에 삼각형을 그려서 오린 것도 삼각형으로 보는 것이지요. 또 비형식적인 방법으로 개념을 정의해 가르치기도 합니다. 이를테면 한 점에서 같은 거리에 있는 점들의 집합을 원으로 정의한다면, 초등 수학에서는 통조림의 밑부분과 같이 원의 모양을 가진 물체의 본을 뜬 것을 모두 원으로 정의하는 것입니다.

이와 같이 초등 수학에서는 시각적, 운동적, 언어적 표현 등 다양한 표현 방법을 이용하여 학생들이 직관적으로 이해하고 사고하며 수학적 지식을 이해할 수 있도록 하므로, 이에 맞게 차근차근 공부할 수 있도록 여유를 가지게 해야 아이가 수학을 싫증 내지 않습니다. 그런데 대부분의 학생이 저학년 때에는 곧잘 좋은 점수를 받아 수학적 능력의 차이를 느끼지 못하다가, 4학년 이상이 되면 추상화 단계를 넘기지 못해 수학 성적이 부진해지기 시작합니다. 그럼 수학의 추상화 단계에서는 어떤 걸 배우기에 아이들의 성적에 영향을 미치는 걸까요?

아이가 4학년이 되면 추상화 1단계를 맞이하게 되는데, 이를테면 문이나 창문, 책 등에서 사각형이라는 하나의 도형을 유추해 냅니다. 또 연필 3자루, 사과 3개 등에서 3이라는 공통된 수의 개념을 유추하는 과정이 나오고, 이것으로 약수, 배수 등 수의 성질과 수의 연산이라는 수학적 추론을 배우게 되지요.

추상화 2단계가 등장하는 중2 과정에 들어가면 처음으로 방정식이나 함수 개념이 나오고, 3단계인 고2 과정에서는 지수와 로그, 수열 등 학문적 수준으로 추상화된 수학 내용을 배우게 됩니다. 많은 학생이 이런 추상화 단계에서 기초를 잘 다지지 못해 수학에 흥미를 잃고 싫어하게 되는 것입니다. 부모님께서 이러한 과정을 파악하고 이해하신다면 자녀들의 능력에 맞게 수학 공부를 지도하실 수 있을 것입니다.

수학은 논리적이고 답이 명확한 학문이므로 본인의 노력에 따라 얼마든지 잘할 수 있습니다. 누구든 자신이 싫어하는 것에는 최선을 다하지 않기 마련입니다. 수학이 싫어지면 열심히 하지 않게 되고, 열심히 하지 않으니 성적이 당연히 잘 나오지 않겠지요. 보통 이런 상황에서 부모님께서는 수학 성적이 잘 나오지 않는 현상만 보고 아이에게 학원이나 과외를 권합니다.

그런데 아이가 아무리 유명한 학원을 다니거나 과외를 받아도 쉽게 성적이 오르지 않는 이유는 무엇일까요? 바로 수학 공부를 '열심히 한다.'는 정의의 차이 때문입니다. 학원이나 과외에 쏟는 시간이 많다고 공부를 열심히 하는 건 아닙니다. 수학 성적은 아이가 수학 문제를 붙잡고 얼마나 고민하느냐, 수학 공부를 효과적으로 하는 데 얼마나 시간을 투자하느냐에 달라집니다.

　그렇다면 내 아이가 수학 공부를 잘하게 하고 싶다면 어떻게 해야 할까요? 무조건 특목고 열풍에 휩싸여 아이의 역량을 무시하고 선행 학습과 심화 문제만 강조하면 오히려 독이 될 수도 있습니다. 자녀의 수준과 능력을 정확히 진단하는 것이 무엇보다 우선되어야 합니다. 아이의 수준에 맞는 수학 단계 교재를 풀게 하고, 수학이 어렵다는 편견을 버리기 위해 재미있게 공부할 수 있는 환경을 조성해 주는 것이 가장 중요합니다.

2

자기 주도적 학습이란 스스로 자신의 학습에서 주도권을 가진다는 의미입니다. 자신의 학습 욕구를 진단해 학습 목표를 설정하고 필요나 인적, 물적 자원을 확보해 적합한 학습 전략을 선택하고 실행하는 것입니다. 학습 결과는 스스로 평가하거나 다른 사람에게 피드백을 받기도 하죠.

수학에서 자기 주도적 학습은 아이 스스로 수학의 필요성을 느끼는 데 가장 큰 의미가 있습니다. 자신의 상태를 파악해 목표를 설정하고 학습하면서 아이는 스스로 자신의 장점과 단점을 알게 되고, 자신에게 수학이 왜 필요한지 알 수 있기 때문에 옆에서 공부하라고 강요하는 것보다 더 좋은 결과를 가지고 옵니다.

그럼 우리 아이가 수학을 자기 주도적으로 학습하기 위해서는 어떻게 해야 할까요?

첫째, 아이의 수학 학습을 돕기 위한 준비가 필요합니다. 도움을 주

는 선생님이나 부모님이 최근 수학 교육의 경향을 알고 있어야 하며
수학 교과서의 특징을 제대로 알고 있어야 합니다. 또 아이의 수학
학습 상태를 미리 알아야 합니다.

　둘째, 아이가 수학 학습에 재미를 느끼고 흥미를 갖게 해야 합니다.
아이의 수준보다 낮은 수준의 문제도 풀어 보게 함으로써 자신감을
심어 주고, 수학에 관련된 흥미 있는 읽을거리로 아이의 관심을 끄는
것도 좋은 방법입니다. 그리고 아이가 부담감을 느끼지 않는 선에서
배운 내용을 말하게 하고, 배운 것 중에 알고 있는 것은 직접 설명해
보게 하는 것도 좋습니다.

　만약 아이가 본격적으로 수학 공부를 시작한다면 공부에 도움이
되는 올바른 학습 습관을 들일 수 있게 부모님께서 다음과 같이 잘
지도해 주세요.

<올바른 수학 학습 습관 지도법>

- 학교 진도에 맞춰 예습, 복습을 미루지 않고 하게 해 주세요.

- 수학 문제는 매일 한 문제 이상 풀어 수학의 감을 잃지 않게 해 주세요.

- 문제를 풀기 전에는 문제 파악을 먼저 하게 해 주세요.

- 문제를 풀 때는 글씨를 또박또박 정성스럽게 써 급한 마음에 실수하지 않도록 지도해 주세요.

- 문제는 풀이 노트 또는 오답 노트에 먼저 풀게 해 주세요.

- 아이가 잘 모르는 문제나 계속 틀리는 문제는 꼭 다시 풀고 이해한 뒤 넘어갈 수 있게 해 주세요.

- 숙제는 늘 계획한 시간에 함으로 시간을 효율적으로 쓸 수 있게 지도해 주세요.

올바른 수학 학습 습관 지도법을 통해 아이가 평소에 수학 공부를 제대로 할 수 있게 지도했다면 이제는 수학 시험 보기 전에 어떻게 공부해야 하는지 알아봐야겠지요.

우선은 아이가 문제를 제대로 읽지 않아 실수하는 것을 방지하기 위해 평소에 문제를 풀 때도 제대로 읽는 습관을 갖도록 지도해 주세요. 어려운 문제나 잘 틀리는 문제를 미리 기록해 두었다가 시험 전에 한 번 더 보고 풀게 하면 다음에 정답을 맞힐 확률도 높아지겠지요. 그리고 시험 범위의 공부가 끝난 후에는 마인드맵을 이용해 배운 것을 체계화할 수 있게 도와주셔야 합니다. 또한 수학 시험은 시험지로 푸는 것이기 때문에 시험지 내에서 문제 풀이 공간을 확보한 후, 그 안에서 문제를 푸는 연습을 해야 나중에 아이가 당황하지 않고 문제를 차근차근 잘 풀 수 있습니다.

사실 자기 주도적 학습을 하는 데 있어 기본이 되는 것은 바로 올바른 학습 계획을 세우는 것입니다. 이 학습 계획은 수학뿐만 아니라 모든 과목을 공부할 때 많은 도움을 줍니다. 구체적이며 체계적인 계획을 바탕으로 공부하지 않으면, 아이는 학습의 방향을 잡지 못하고 집중력도 흐트러지기 쉽습니다. 그렇기 때문에 바른 학습 습관이 갖춰져 있는 아이에게도 제대로 된 계획이 필요한 것입니다.

그런데 제대로 된 계획을 세운다는 것 자체가 그리 쉬운 게 아니지요. 특히 아이 혼자 계획을 세워 실천하는 것은 더욱 어렵습니다. 이럴 때 부모님께서 아이의 곁에서 올바른 수학 학습 계획을 세우도록 도움을 준다면 아이는 혼자서 공부하는 법을 더 잘 이해하고 실천할 수 있습니다.

다음 항목을 보고 수학 학습 계획을 짜는 데 있어 부모님께서 어떤 도움을 주어야 하는지 확인해 보세요.

<올바른 수학 학습 계획 지도법>

- 월간, 주간, 일간 일정을 각각 세우도록 지도해 주세요.

- 수준에 맞는 학습 계획을 세우도록 도와주세요.

- 일간, 주간 단위로 어떤 문제집을 얼마나 풀지 구체적인 계획을 세우도록 지도해 주세요.

- 틀린 문제와 계속 틀리는 문제를 어떻게 해결해야 할지 고민해 보고 따로 계획을 세우도록 지도해 주세요.

초등학생은 중·고등학생과 달리 혼자서 공부 목표나 계획을 잡는 데 한계가 있기 마련입니다. 이럴 때 부모님이 '이번 주의 목표', '이 달의 약속' 등을 함께 세우는 것이 효과적이지요. 이번 달에 아이가 꼭 지켜 주었으면 하는 큰 목표를 달력에 적고, 이번 주에 꼭 해야 할 일은 주간 스케줄과 함께 기록해 보세요. 이 달의 약속은 한 가지 정도, 이번 주의 목표는 한두 가지 정도가 적당합니다. 월간과 주간 계획을 세우고 나면 매일매일 해야 할 하루 계획은 아이 스스로 적어 보도록 하세요.

무엇보다 중요한 것은 계획을 실천으로 옮기는 것이겠지요. 부모님께서는 아이가 짠 계획표가 공부 시간이 아니라 분량으로 세워졌는지 확인하고, 아이와 대화를 통해 매일의 학습 분량과 시간을 조절해 주어야 합니다. 또 아이가 자신이 세운 계획을 잘 지키고 있는지 매일 확인하면서 잘하고 있다면 칭찬 스티커를, 그렇지 않다면 격려의 멘트를 적거나 응원 스티커를 공책에 붙여 아이의 사기를 북돋아 주는 것도 좋은 방법입니다. 하지만 이중 가장 좋은 지도법은 언제나 칭찬과 격려를 잊지 않고 해 주는 것이겠지요. 이렇게 다양한 방법으로 아이를 도와준다면 아이는 수학과 가까워지고, 천천히 자기 주도적 학습을 통해 자신을 성장시킬 수 있게 될 겁니다.

3

● 속도보다 정확한 풀이가 중요해요

"제가 먼저 풀었어요!"

계산을 빨리 하면 수학을 잘한다고 생각하는 아이가 많습니다. 누구보다 수학 문제를 빨리 풀어서 "나 이만큼 수학을 잘해."라고 주변 친구들에게 자랑하기도 하지요.

문제를 빨리 푸는 것도 좋지만 더 중요한 것은 실수 없이 정확히 푸는 것입니다. 정확히 풀기 위해서는 집중력이 필요한데, 빨리 풀려고 하다 보면 마음만 앞서 집중력이 흐트러지기 마련입니다. 그러다 보면 문제를 풀이하는 과정에서 계산이 틀리거나, 마킹 실수를 저지르기도 하지요.

이런 아이에게는 문제를 빨리 풀기보다 문제를 정확하게 보고 푸는 것이 중요하다는 사실을 알려 주세요. 그리고 문제를 천천히 차분한 마음으로 풀 수 있도록 옆에서 도와주세요. 아이가 천천히 문제 푸는 것에 익숙해졌다면 그때부터는 문제를 정해진 시간 내에 정확히 풀게끔 훈련시켜 주세요. 이때도 중요한 것은 아이가 정해진 시간에 쫓겨 다시 성급하게 문제를 풀지 않도록 아이를 잘 지도해 주는 것이랍니다.

가끔 아이가 문제를 정확한 방법으로 풀지 않았는데 어쩌다 보니 답을 맞히는 경우가 있습니다. 이 경우, 제대로 짚고 넘어가지 않는다면 아이는 다음에 풀 때도 똑같이 잘못된 풀이 방법으로 해결하다가 오답을 내거나, 어떻게 풀었는지 기억도 못하게 될 것입니다. 답이 맞느냐 틀리느냐에 그치지 말고, 아이에게 정확한 풀이 방법부터 알려 주세요.

또, 보다 효율적으로 답을 내기 위해서는 꼼꼼히 다시 풀어 보는 것이 도움이 됩니다. 수학은 문제의 정답이 하나라도 풀이 방법은 다양한 과목입니다. 다양한 접근을 시도하면 더 간단하게 문제를 해결할 수 있는 방법을 찾을 수도 있습니다.

예를 들어 '두 수의 합은 29이고 곱은 198일 때, 두 수를 구하시오.' 라는 문제가 있습니다. 일일이 숫자를 써 가며 하나하나 대입해 보아도 정답은 구할 수 있지만, 시간이 많이 걸려 비효율적입니다. 이럴 때는 아이에게 "시간을 단축하고 문제를 좀 더 효율적으로 해결할 수는 없을까?"라고 질문한 후 아이에게 풀이 과정이 잘못된 것은 아니니 좀 더 빠른 풀이 방법이 있는지 찾게 합니다.

아이가 다른 풀이 과정을 생각했다면 그 과정으로 다시 풀게 도와주시고, 만약 아이가 풀지 못하고 갈팡질팡한다면 올바른 길을 찾을 수 있게 힌트를 주세요. "합이 29인 경우에서 시작하니까 답을 찾아가는 과정이 길었고 일일이 곱하느라 시간이 많이 걸렸으니, 이번엔 곱이 198인 경우에서 시작하면 어떨까?"라고 먼저 이야기해 주시는 거지요. 그런 뒤에 아이가 차근차근 힌트를 듣고 공책에 풀이 과정을 적어 한 번에 볼 수 있게끔 유도하세요.

$$198 = 2 \times 99 = 2 \times 3 \times 33 = 2 \times 3 \times 3 \times 11 = \underline{18 \times 11}$$

"자, 이렇게 198을 이루는 수들끼리 더해서 29가 나오는 수를 찾아 보자. 아하! 18과 11이구나."라고 아이에게 말해 주며 문제를 다른 관점에서 접근하게 도와주세요. 이렇게 다양한 방법으로 접근하면 문제를 해결하는 것뿐만 아니라 개발도 할 수 있어, 아이가 문제를 체계적으로 해결하는 데 큰 도움이 될 것입니다.

4

● 자주 실수하는 문제의 원인을 찾아야 해요

　수학을 잘하는 아이는 자신의 '약점'이 무엇인지 적극적으로 알아내려고 합니다. 자신이 틀린 문제의 원인을 알아야 약점을 개선할 수 있다는 사실을 잘 알기 때문입니다. 하지만 수학을 못하는 아이는 원인을 찾기보다 무작정 문제 풀기에 급급하고, 문제를 다 풀면 다시 그 문제를 보려고 하지 않지요.

　많은 학생이 자신의 약점을 보완하고 문제를 정확히 풀기 위해 무조건 오답 노트를 사용하곤 합니다. 물론 오답 노트가 초등학교 고학년에게는 유용하지만, 저학년에게는 틀린 문제를 일일이 적고 자신의 약점을 알아내야 한다는 것이 필요 이상으로 고단할 수 있습니다. 대부분의 아이는 문제를 풀고나서 매번 오답 노트를 쓰는 게 힘들고 지루해서 스트레스를 받기도 하지요.

　수학을 대할 때는 마음에 부담감을 덜어야 공부하는 것이 즐겁고, 나중에 고등학교에 가서도 수학을 열심히 할 수 있습니다. 그러므로 아이에게 지나친 부담감을 주는 것은 좋지 않습니다. 그렇다고 실수를 그냥 방치하면 그것이 실력으로 굳어질 수 있어 주의해야 합니다.

오답 노트를 쓰기에는 나이가 어리거나 엄벙덤벙 실수가 잦은 아이에게는 오답 노트 대신에 '약점 노트'를 만드는 것이 하나의 방법이 될 수 있습니다. 오답 노트가 시험을 본 뒤 틀린 부분을 다시 되새기는 역할을 한다면, 약점 노트는 평소 자신에게 부족한 부분을 개념부터 공부하는 노트라고 할 수 있습니다. 그러면 우리 아이 약점을 잡아 줄 약점 노트 만드는 방법을 한번 살펴볼까요?

⭐ 틀린 이유를 적게 하세요

세 번 이상 다시 풀었는데도 틀리는 문제들을 취합해 약점 노트에 적도록 해 주세요. 이때 '계산을 실수함', '문제를 제대로 안 읽음', '답을 적다가 숫자를 잘못 씀' 등 문제를 틀린 이유도 적게 하세요.

⭐ **전략이나 특별한 사항을 기록하게 하세요**

틀린 문제를 일일이 다시 풀면 아이가 지겨워하거나 스트레스를 받을 수 있습니다. 이럴 때는 문제가 틀린 원인의 극복 방법과 관련해 아이 자신만이 가지고 있는 전략을 간단하게 적게 하세요.

⭐ **세 가지 색 이상의 펜은 쓰지 않게 하세요**

여러 가지 색의 펜을 사용하면 펜을 고르며 시간을 낭비할 수 있고, 지나치게 다양한 색 때문에 집중하기 힘듭니다. 나중에는 어떤 부분을 어떤 색깔로 표시했는지 헷갈릴 수도 있지요. 그러므로 너무 많은 색을 사용하기보다는 아이가 알아볼 수 있도록 세 가지 색 안에서 사용하는 게 좋습니다. 문제를 적는 색, 어려운 부분을 표시하는 색, 문제를 해석하며 배운 점이나 관련 공식을 적는 색으로 정하는 것도 하나의 방법입니다. 이것은 오답 노트에도 똑같이 적용하면 좋습니다.

약점 노트는 평소에 문제를 풀며 실수하는 부분의 원인을 분석하고 어떻게 해결할 수 있는지 찾을 수 있어 아이에게 좋습니다. 아이가 실수를 하는 주된 원인이 단순 실수인지 개념 이해의 부족인지 발견할 수 있으므로 앞으로 가야 할 방향을 잡을 수 있지요. 부모님께서는 아이가 약점 노트를 만들면 아이와 함께 실수의 원인을 분석하시고, 시험 전날과 같이 꼭 필요할 때에 볼 수 있도록 지도해 주시면 됩니다.

약점을 잡는 약점 노트와 함께라면 우리 아이는 더 이상 자신의 실수를 두려워하지 않고 당당히 맞서 싸우는 자신감을 얻게 될 겁니다.

5

• 정답을 찾는 재미를 느끼도록 도와주세요

"원의 넓이 구하는 공식이 뭐였는지 기억하니?"

부모님께서 아이에게 이런 질문을 한다면 아이는 "지름 곱하기 지름 곱하기 3.14 아니에요? 아, 아닌가? 원의 둘레는 3.14에 반지름을 곱했나, 아님 지름이었나? 아휴, 잘 모르겠어요."라고 대답할지도 모릅니다. 영어 단어 외우기보다 수학 공식 외우기가 더 어려운 이유는 공식이 비슷비슷하기 때문입니다. 영어가 스펠링에 따라 뜻이 달라지듯 수학도 공식을 잘못 대입하면 그에 따라 답이 달라집니다. 수학 공식을 잊지 않고 확실히 잘 외우는 방법은 '공식이 만들어지는 과정을 이해하는 것'입니다. 공식을 제대로 이해하고 넘어가면 정답을 찾는 것도 아주 쉬워지지요.

아이가 수학에 집중을 하지 않는데 부모님께서 수학 문제집만 풀게 한다면 아이의 성적은 더 이상 오르지 않을 것입니다. 아이에게 무조건 외우라고 억압하거나 문제를 풀도록 잔소리하지 마세요. 차라리 도형처럼 아이가 만들 수 있는 것들은 직접 모형을 만들어 보며 공식을 이해하게 하고 몸으로 익히게 하세요. 이 경우, 아이는 이 과정이 공부가 아니라 일종의 활동이라고 생각하기 때문에 더 쉬운 방법으로 수학에 접근할 수 있습니다. 문제를 풀 때에도 머릿속에서 이전에 한 활동을 재연하면서 공식을 유도해 낼 수 있기 때문입니다.

전에 풀었던 문제를 응용해 새로운 문제로 바꿔 냈을 때 아이는 어떤 행동을 보일까요? 수학을 잘하는 아이도 처음엔 당황스러워하지만, 수학에 자신감을 갖고 있기에 차츰 답을 찾기 위해 여러 방법으로 풀어 보려고 노력할 것입니다. 하지만 수학에 자신이 없고 답을 찾는 것에 두려움이 있는 아이라면 포기할 확률이 높습니다.

이럴 때는 문제에서 실마리가 될 수 있는 게 무엇인지 먼저 찾게끔 도와주세요. 또한 수학 문제는 대부분 기존 문제를 응용한 것이므로 전에 풀었던 문제를 잊지 않도록 해 주세요.

아이에게 수학을 체계적으로 학습해야 한다는 생각을 갖도록 도와주셔야 합니다. 그저 문제만 풀다가 어쩌다 정답이 맞으면 대부분의 아이는 만족해서 그냥 넘어가곤 합니다. 그러다가 아이가 '다음에도 비슷한 문제가 나오면 이런 식으로 하면 되겠지?'라는 마음을 먹는다면 문제를 아무리 풀어도 실력으로 발전할 수 없습니다.

부모님께서는 아이에게 "답을 찾는 것도 중요하지만, 어떻게 하면 체계적으로 최선의 전략을 찾을 수 있을까?", "전에 풀었던 방법 가운데 활용할 수 있는 것은 무엇일까?" 등의 질문을 던지며 아이가 항상 생각하도록 도와주세요.

6

일상생활에 숨어 있는 수학을 찾아 주세요

아이들은 수학을 단순히 성적을 올리기 위한 수단이라고 생각합니다. "생활하는 데 전혀 도움이 되지 않는 수학은 도대체 왜 배워야 하나요?"라고 묻는다면 부모님께서는 어떻게 대답해야 할까요? "좋은 학교에 가려고 배우는 거지. 그런 쓸데없는 생각하지 말고 수학 성적 올리는 것만 생각하렴."이라고 한다면 아이는 수학에 더 흥미를 잃게 될 겁니다.

부모님께서는 이런 대답보다는 아이가 일상생활에서 쉽게 접할 수 있는 부분을 수학과 연계해 설명함으로써 수학의 중요성을 알려 주는 것이 좋습니다. 다음과 같이 일상생활에 숨겨져 있는 수학을 통해 아이가 수학을 왜 배워야 하는지 알도록 해 주세요.

⭐ 맨홀 뚜껑이 둥근 이유는 무엇일까요?

맨홀 뚜껑은 대부분 둥근 모양을 하고 있습니다. 둥근 모양을 한 이유는 뚜껑이 구멍 속으로 빠져서는 안 된다는 이유와 운반하기에 편리하다는 장점 때문이지요. 우리가 흔히 알고 있는 도형 중에서 최대 지름과 최소 지름이 같은 도형은 원밖에 없습니다. 그렇기 때문에 뚜껑보다 작은 맨홀의 지름에서 어떤 모양이 되든지 뚜껑이 빠질 일이 없는 둥근 모양으로 뚜껑을 만드는 것이지요. 또한, 운반하기에 편하고 자리에 쉽게 잘 들어맞는 도형도 원입니다. 이러한 이유로 맨홀 뚜껑은 대부분 원 모양으로 만들어집니다. 만약 맨홀 뚜껑이 둥근 모양이 아니라면 뚜껑이 맨홀 구멍 속으로 빠지는 일이 생기는 등 여러 모로 불편한 일이 많아지겠지요.

⭐ 황금 비율은 무엇일까요?

수학자 피타고라스는 만물의 근원을 수로 보고, 세상의 모든 일을 수와 관련해 생각하기를 좋아했어요. 그래서 결국 정오각형 모양의 별에서 이상적인 비율을 발견했습니다. 이것이 바로 황금 비율의 개념이 생겨난 시초라 할 수 있습니다. 황금 비율은 '1 : 1.618'의 비율로 '짧은 길이 : 긴 길이 = 긴 길이 : 전체 길이'를 만족하는 비율을 말합니다. 사람이 보기에 가장 아름답고, 안정된 느낌을 주기 때문에 명함, 카드, 교과서, 건축물 등에도 이 비율이 많이 쓰이고 있습니다.

⭐ 꽃잎에 숨겨진 비밀은 무엇일까요?

꽃을 자세히 살펴보면 거의 모든 꽃잎이 피보나치수열로 이루어져 있음을 알 수 있습니다. 피보나치수열은 이탈리아의 피보나치가 고안해 낸 수열로 0, 1, 2, 3, 5, 8, 13……과 같이 0을 제외한 세 번째 항부터 앞의 첫 번째 항과 두 번째 항을 합한 숫자가 다음 항의 숫자로 이루어진 수열을 말합니다. 이 피보나치수열이 꽃의 꽃잎 수에도 적용되는 것을 볼 수 있는데요. 칼라릴리의 경우 꽃잎이 1개, 등대꽃은 2개, 연령초는 3개입니다. 피보나치수열을 계속 나열하다 보면 55라는 숫자가 나오는데, 데이지 가운데는 진짜 55개의 꽃잎을 다 갖춘 것도 있다고 합니다.

⭐ 확률은 생활에서 얼마나 사용될까요?

확률은 어떤 일이 일어날 수 있는 가능성의 정도를 이야기합니다. 오늘 비가 올 것인가와 같은 날씨와 확률, 안전 운전하지 않았을 경우의 교통사고와 확률, 로또에 당첨될 확률 등 우리 생활의 많은 부분을 차지하고 있습니다. 우리가 모르고 있을 때보다 알고 있을 때 더욱 유용한 것이 바로 확률이지요.

7

• 놀이를 통해 사고력을 키울 수 있어요

　　요즘 유아·초등 수학에서는 '사고력 수학'이라는 단어가 자주 눈에 띕니다. 사고력은 문제를 깊이 이해하고 통찰하는 능력과 직결돼 공부뿐만 아니라 영재성을 발현하는 데 중요한 역할을 합니다. 특히 추상적이고 논리적인 사고, 직관적이고 감각적인 사고는 수학 활동을 통해 효과적으로 다져집니다. 하지만 부모님들 중에는 사고력 수학이 뭔지 몰라 어리둥절하기도 하고, 어떻게 교육해야 하는지 고민하시는 분도 많으실 겁니다.

　　문장으로 된 문제가 많으면 사고력 수학일까요? 아니면 문제를 복잡하게 만들어 생각을 많이 하도록 만드는 것이 사고력 수학일까요?

　　수학에는 여러 특성이 있지만 사고력은 논리성과 추상성으로부터 자연스럽게 파생되는 개념입니다. 예전부터 수학을 하면 사고력이 좋아진다는 인식이 있었고, 그러한 근거로 수학이 다른 과목의 기초 학문으로 자리 잡아 왔습니다.

수학의 기초는 덧셈, 뺄셈, 곱셈, 나눗셈과 같은 연산입니다. 초등학교 수학은 크게 수와 연산, 도형, 측정, 확률과 통계, 규칙성과 문제 해결 등으로 나눌 수 있습니다. 이중 수와 연산이 차지하는 비율은 1학년은 78.3퍼센트, 2학년은 85.6퍼센트, 3학년은 84.5퍼센트나 됩니다. 이처럼 초등학교 수학에서 연산이 차지하는 비중이 높은 것은 연산이 수학의 핵심이기 때문입니다.

생각해 보세요. 어떤 수학 문제를 보더라도 연산이 기본이 되어 있습니다. 평소 우리 아이의 모습만 보아도 연산이 중요하다는 것을 알 수 있습니다. 문제를 잘 이해하고 잘 풀 수 있음에도 막상 시험을 보면 연산하는 과정에서 실수를 해 의기소침해하는 아이의 모습을 종종 볼 수 있을 것입니다. 연산은 수학을 잘하기 위한 훈련의 하나이므로 다양한 방식의 연산 활동을 하면 수 감각과 수학적 사고력을 기르는 데 큰 도움이 됩니다.

그런데 초등 저학년에서는 아무리 연산이 중요하더라도 서둘러 익히게 하기보다는 재미있게 풀어 보도록 유도하는 것이 중요합니다. 수학을 잘하는 아이들은 수학이 쉽고 재미있다고 생각하는데, 이는 수학을 처음 접할 때부터 놀이로 쉽고 재미있게 배웠기 때문입니다.

그러므로 자녀가 어리다면 신체를 활용한 흥미로운 사고력 수학 활동을 해 보는 것이 좋습니다. 우리 신체의 손발을 교구로 활용하는 것이지요. 특히 손가락으로 하는 놀이는 아무런 준비물도 필요 없고 공간의 제약도 받지 않는 만큼 언제 어디서나 즐길 수 있습니다. 손가락은 수 세기, 제로 게임 등을 할 수 있으며, 무엇보다 어림하기에도 좋은 교구입니다. 어림하기는 유추 능력을 높이는 데 아주 효과적인 개념으로, 계산 실수를 방지하는 연산 감각뿐 아니라 수 세기, 양감, 부피감, 거리감 등 다양한 수학적 감각을 발달시킬 수 있습니다.

우리 신체뿐만 아니라 진짜 수학 교구와 연산 사고력 교재를 활용하면 더욱 좋습니다. 교구를 활용하면 아이에게 연산의 원리를 더 쉽게 이해시키고, 즐겁게 반복 학습할 수 있기 때문입니다.

집에서 쉽게 만들어 할 수 있는 보드게임이나 카드놀이를 통해서도 사고력 수학 학습이 가능합니다. 1부터 10까지 적힌 숫자 카드와 덧셈, 뺄셈, 곱셈, 나눗셈이 각각 적힌 카드를 만들어 '숫자 카드 4장으로 50 만들기 게임'을 할 수도 있습니다.

이 외에도 생활 속에서 특별한 교구 없이 연산 학습을 할 수 있습니다. 사칙 연산을 이용한 '자동차 번호판 숫자로 10 만들기 게임'도 좋습니다. 매일 30분씩 이런 연산 게임을 하면 자연스럽게 계산 실력이 향상되고 사고력도 키울 수 있습니다.

초등 저학년에게 가장 중요한 것은 덧셈과 뺄셈입니다. 이제 막 덧셈과 뺄셈에 대해 알아 가는 아이에게 수학적 감각을 익히게 한다고 자꾸만 질문하거나 답을 강요하지는 말아 주세요. 단순히 아이가 게임 자체를 즐기면서 수학과 가까워지기를 바라야 합니다.

사칙 연산이 완성되는 시기인 초등 3~4학년 때에는 보다 많은 계산 연습을 필요로 합니다. 연습을 많이 해야 고학년 때 배우는 분수와 소수의 연산에서 그 원리를 이해하고 계산을 할 수 있기 때문입니다. 이 시기에는 수에 대한 감각을 기르면서 정확하게 계산하는 훈련을 하는 게 중요합니다.

계산이 느리거나 잘 틀린다면 어떤 부분이 취약한지 파악해야 합니다. 보통 받아 올림이 있는 덧셈이 부정확하거나, 받아 내림이 있는 뺄셈이 부정확하거나, 구구단 암기가 부정확한 경우로 나눌 수 있습니다. 첫 번째와 두 번째의 경우라면 백 칸을 채우는 사칙 연산 게임인 '100문 게임'이 효과적입니다. 세 번째의 경우라면 '구구단을 외자 게임'으로 곱셈 연습을 할 수 있도록 합니다.

큰 도화지에 문제와 풀이 과정을 꼼꼼하게 쓴 후 가족 앞에서 발표하는 방법도 좋습니다. 다소 시간이 걸리더라도 문제에 대해 설명한 후 문제를 해결하고 다시 풀이 과정을 설명하는 시간을 가지는 것이 바람직합니다.

이때 가장 중요한 것은 아이와 충분히 상의한 후 공부를 시키는 것입니다. 부모가 연산 훈련을 목적으로 참고서나 학습지를 풀게 하면 초등 저학년은 문제도 쉽고 빨리 풀 수 있어 페이지를 넘기는 재미와 성취감도 느낄 수 있습니다. 하지만 아이가 3~4학년이 되면 한 문제를 푸는 시간이 길어지면서 기계적으로 문제를 푸는 데에 흥미를 잃고 수학을 지루하고 답답한 과목이라고 인식하게 됩니다. 그러므로 특히 학습지는 아이와 충분히 상의한 후에 선택하도록 합니다. 이미 학습지에 흥미를 잃은 아이라면 아이가 직접 연산 문제를 내고 스스로 다시 풀어 보게 하는 것도 좋은 방법입니다.

아이를 생각하시는 부모님의 마음을 이해 못하는 바는 아니지만 조급한 마음은 뒤로 하시고 기본에 충실해 수학적 사고력 훈련의 기초가 되는 연산부터 차근차근 이해하도록 지도해야 합니다. 그것이야말로 아이가 수학에 적응하여 재미있게 수학을 배우고 잘하게 할 수 있는 지름길입니다.

'아침처럼, 새봄처럼, 처음처럼'이라는 말이 있습니다. 아이의 첫걸음이 바르게 이어지도록 처음과 같은 마음으로 키우고 지도한다면 아이는 훌륭한 학생으로, 어른으로 자라날 것입니다.